AF384221

COMPTE RENDU

AUX CHAMBRES ASSEMBLÉES,

Par M. ROLLAND, des différens Mémoires envoyés par les Universités sises dans le Ressort de la Cour, en exécution de l'Arrêt des Chambres assemblées, du 3 Septembre 1762, relativement au plan d'Étude à suivre dans les Colleges non dépendans des Universités, & à la correspondance à établir entre les Colleges & les Universités.

Du 13 Mai 1768.

COMPTE RENDU

AUX CHAMBRES ASSEMBLÉES,

Par M. ROLLAND, des différens Mémoires envoyés par les Univerfités fifes dans le Reffort de la Cour, en exécution de l'Arrêt des Chambres affemblées, du 3 Septembre 1762, relativement au plan d'Etude à fuivre dans les Colleges non dépendans des Univerfités, & à la correfpondance à établir entre les Colleges & les Univerfités.

Du 13 Mai 1768.

ONSIEUR TERRAY, Confeiller de Grand'Chambre, a dit : que par les foins particuliers de M. Rolland, Confeiller-Préfident, le Compte des Mémoires envoyés par les Univerfités, fifes dans le Reffort de la Cour, & par elles redigés en exécution de l'Arrêt des Chambres affemblées, du 3 Septembre 1762, rélativement au plan d'Etude à fuivre dans les Colleges non-dépendans des Univerfités, & à la correfpondance à établir entre ces Colleges & l'Univerfité, étoit prêt, & que Meffieurs les Commiffaires avoient cru effentiel de le préfenter à la Cour.

Après quoi lecture a été faite dudit Compte, ainfi qu'il s'en fuit :

MONSIEUR,

LE Compte que je me difpofe de rendre aujourd'hui à la Cour n'a été retardé jufqu'à ce moment que par fa difficulté, & par la néceffité,

A

où j'ai été de mettre d'abord fous les yeux de Meffieurs tout ce qui auroit rapport aux différens établiffemens dont j'étois chargé. Originairement ce n'étoit pas à moi à rédiger le préfent Compte ; tout ce qui étoit relatif à l'objet général de l'éducation, étoit néceffairement une fuite de la révolution qu'occafionnoient les Arrêts des 6 Août 1761 & 1762; c'étoit donc à M. Del'Averdy à réunir les vues des différentes Univerfités, à en faire un corps, à en rendre compte à la Cour, à y ajouter fes réflexions, & même à communiquer fes travaux, s'il étoit jugé né‑ ceffaire, aux perfonnes que Sa Majefté a chargées de lui propofer ce qu'ils croyent utile & convenable dans les circonftances préfentes, pour l'avantage des Lettres, & la reftauration de l'Education. Les Mémoires qu'il a rédigés, les Loix qu'il a provoquées, ou fur lefquels il a été con‑ fulté, en un mot les travaux auxquels il s'eft livré, tant qu'il a été dans cette Compagnie, notamment en 1761, 1762 & 1763, & jufqu'au moment que Sa Majefté l'a chargé du foin de fes Finances (1), prou‑ vent combien il eût été à défirer que le Compte d'objets auffi importans eût été rendu à la Cour, par un Magiftrat dont elle connoît depuis long‑ tems les talens & les lumieres : il auroit (beaucoup mieux que je ne le ferai) expofé à la Cour avec la force & la clarté néceffaire, un plan qui doit, créer un nouvel ordre de chofes dans une des parties la plus intéreffante pour un Etat (2) ; faire renaître toute la fplendeur des Univerfités, & furtout de celle de Paris, qui fera toujours regardée comme la *Mere & la maitreffe des autres*, & dont la fociété profcrite par les Arrêts du 6 Août 1762, avoit tâché de ternir l'éclat ; féconder enfin par l'influence du corps de lumiere qui réfide dans les Univerfités, le germe des talens qui exiftent en abondance dans les différentes Provinces du Royaume, & qui n'ont befoin pour paroître que d'être développés par une culture guidée par des mains fûres & habiles.

Forcé par les circonftances de me charger de ce travail, j'ai cru, dans la rédaction du préfent Compte, ne devoir pas fuivre l'ordre dans lequel les Univerfités ont expofé leurs vues, mais plutôt celui que me pref‑ crira la chaîne naturelle des objets qu'il faudra difcuter, ou des réflexions qu'il faudra préfenter ; j'ai penfé auffi qu'il ne fuffifoit pas d'extraire les Mémoires des Univerfités (3), mais qu'il falloit profiter de tout ce

---

(1) Le 13 Décembre 1763.

(2) Le Parlement de Grenoble, en demandant au Roi, par fon Arrêt du 6 Septembre 1764, la fuppreffion des Univerfités de Valence & d'Orange & le rétabliffement de celle de Grenoble, préfente cet objet comme *le moyen le plus efficace pour le rétabliffe‑ ment des Etudes & pour procurer une bonne éducation à la jeuneffe, objet le plus intéreffant pour le fervice du Roi, les mœurs & la doctrine qui importent effentiellement à la félicité publique.*

(3) Je crois devoir obferver ici que les Mémoires des Univerfités d'Orléans, Bour‑ ges, Poitiers, Reims & Angers, ne contiennent prefque aucunes réflexions, qui ne

qui avoit paru fur l'Education ; j'ai donc lu avec attention les Plans d'Etude & les Mémoires relatifs à cet objet, que, foit des Magiftrats connus par leurs talens & leur capacité, foit des Membres de l'Univerfité qui ont long-tems profeffé avec diftinction, foit des Citoyens zélés pour la gloire des Lettres, ont donné depuis peu au Public. Ces différens ouvrages m'ont été de la plus grande utilité, j'aurois même defiré pouvoir en adopter un en entier. Mais malgré les vues patriotiques & utiles dont ces Plans & Mémoires font remplis, malgré les réflexions, les idées, les préceptes qui y font répandus, & dont la plus grande partie à paru fi utile pour perfectionner l'Education, l'on a reproché à ces Plans & à ces Mémoires plufieurs défauts importans. Ces reproches m'ont été une leçon que j'ai toujours eu devant les yeux, & qui m'a long-tems retenu : connoiffant qu'il me manquoit les talens que nous admirons dans les Auteurs de ces ouvrages, j'ai craint d'entreprendre un travail au-deffus de mes forces, ou de n'être que leur copifte, & de ne pas faire cependant paffer dans mon ouvrage, les beautés fans nombre renfermées dans ceux même que l'on critique. Que de motifs pour me retenir ! Mais l'obligation que m'a impofé la Cour (en m'honorant de la commiffion dont je fuis chargé) de facrifier jufqu'à mon amour-propre, pour remplir la miffion qu'elle m'a donné, m'a fait paffer par-deffus toutes ces confidérations ; j'ai cru que mon devoir m'obligeoit à faire part à Meffieurs de mes réflexions, fur le Plan d'Education néceffaire à adopter pour la gloire des Lettres ; & perfuadé qu'ils fentent mieux que moi le poids de l'obligation qu'ils m'ont impofée, je me fuis flatté que s'ils n'approuvoient pas mes idées, du moins ils rendroient juftice à mes intentions, & que le defir de leur obéir me tiendroit lieu de tous les talens qui me manquent. D'ailleurs, je ne cacherai pas à Meffieurs, qu'avant d'entreprendre le préfent Compte, j'ai communiqué mes idées à plufieurs perfonnes capables de les rectifier ; j'ai profité de leurs réflexions ainfi que des matériaux qu'elles ont bien voulu me donner ; je n'ai point balancé à adopter tout ce qui dans les différens Plans & Memoires qui ont été donnés au Public, ou qui m'ont été communiqués, ma paru s'amalgamer avec mon Plan : tellement que je pourrois prefque dire que le Compte que j'ai l'honneur de préfenter aujourd'hui à la Cour, n'eft pas mon ouvrage, mais le réfultat, ou pour mieux dire l'extrait de tout ce qui a paru, ou qui ma été communiqué fur l'Education : heureux fi j'ai pu, d'idées qui ne font pas miennes, former un tout auquel l'on ne puiffe

---

foient renfermées dans ceux de l'Univerfité de Paris ; que celles des Provinces n'ont donné chacune qu'un feul mémoire ; qu'enfin celle de Paris en a donné trois. Le premier, daté du 9 Janvier 1763, & dépofé au Greffe le 27 Août fuivant, n'a pour objet que la correfpondance ; le fecond, du 13 Août 1763, & dépofé au Greffe le 22 du même mois, contient la méthode d'enfeigner la Réthorique & les Humanités ; enfin, le troifieme, du 20 Décembre 1764, dépofé au Greffe le 12 Janvier 1765, renferme un plan d'enfeignement Elémentaire fur la Philofophie.

pas appliquer les vers d'Horace au commencement de son Art Poëtique (4).

Avant que d'entrer dans le détail des Mémoires des Univerfités, je crois devoir obferver à Meffieurs, que l'expulfion des Jéfuites de différens Royaumes de l'Europe, a partout été regardée comme une époque mémorable pour la reftauration des Lettres. En effet, (pour me fervir des expreffions du Parlement de Grenoble, (5) » le befoin eft » urgent, l'occafion unique...... nous fommes dans un moment de » crife, il faut le faifir, ou tout eft perdu fans retour. » C'eft fous ce point de vue que cet évenement a été confideré dans tous les Etats qui ont expulfé les Jéfuites; les Souverains de ces différens Royaumes ont tous cru que le moment étoit venu de perfectionner l'enfeignement, & de donner aux Ecoles une forme mieux combinée avec l'objet de leur établiffement, une forme plus relative aux mœurs de chaque Nation (6), à leurs loix, au degré de perfection que les Arts y ont acquis, ou a perfectionner ceux qui ont encore befoin de culture; une forme enfin qui, en leur procurant les avantages que les Papes & les Rois ont eu en vue en établiffant des Univerfités, imprimât à l'éducation publique le caractère précieux (& malheureufement depuis trop long-temps négligé) d'éducation nationale; maxime que M. de Sauffin (7) appelle avec raifon, *un principe d'ordre public, & une maxime d'Etat que l'on n'auroit jamais dû perdre de vue.*

A quel autre point de vue peut-on attribuer l'uniformité de conduite de tous les Souverains? On les voit, en effet, non pas feulement s'occuper de remplacer les Jéfuites par d'autres Maîtres, mais faire marcher d'un même pas l'expulfion de cette Société, & une réforme capable de procurer une meilleure éducation à leurs fujets; cette conformité de conduite & de vue m'a tellement frappé, & m'a paru prou-

---

(4) *Humano capiti cervicem pictor equinam*
Jungere fi velit, & varias inducere plumas,
Undique collatis membris: ut turpiter atrum
Definat in pifcem mulier formofa fupernè,
Spectatum admiffi rifum teneatis, amici:
Credite, Pifones, ifti tabulæ fore librum
Perfimilem, cujus velut ægri fomnia vanæ
Fingentur fpecies; ut nec pes, nec caput uni
Reddatur formæ. (Ars Poetica.)

(5) Mémoire du Parlement de Grenoble au Roi, pour lui demander l'établiffement d'une Univerfité à Grenoble, & la fuppreffion de celles d'Orange & de Valence, pag. 50 & 55.
(6) Voyez le préambule de l'Edit du Roi de Portugal, du 28 Juin 1759.
(7) Compte rendu par M. de Sauffin, Confeiller au Parlement de Grenoble, pour l'établiffement d'une Univerfité, & fa formation à Grenoble, le 11 Décembre 1764. Deuxieme Partie, page 24.

ver d'une façon fi convaincante la néceffité d'une réforme générale dans, toute éducation à laquelle les Jéfuites avoient prefidé , que je n'ai pu me refufer d'en mettre en peu de mots les preuves fous les yeux de Meffieurs.

Le vingt-huit Juin 1759, le Roi de Portugal a donné un Edit pour abolir les Ecoles des Jéfuites , cet Edit défend même de fe fervir de leur méthode d'enfeigner, & en prefcrit une nouvelle; on lit dans fon préambule » que les Etudes des Humanités font déchues dans le Royaume » du degré où elles étoient montées lorfqu'elles furent confiées aux » Jéfuites; que l'époque feule prouve que ces Religieux font néceffai- » rement caufe de la décadence totale où les Langues Latine & Grec- » que font tombées dans ces Royaumes. » Le défordre étoit fi grand, que le Roi de Portugal ne s'eft pas contenté de prefcrire la forme des Etudes, il a cru néceffaire de charger fpécialement quelqu'un de tout ce qui concernoit l'éducation , ce qu'il a fait par Decret du 6 Juillet 1759.

Le Souverain fous l'empire duquel nous avons le bonheur de vivre, peu après l'expulfion prononcée par l'Arrêt du 6 Août 1762, a (Février 1763) donné un Edit portant réglement pour les Colléges qui ne dépendent pas des Univerfités, & a annoncé qu'il ne négligeroit pas ce qui re- garde » le bon ordre, le maintien & la fplendeur des Univerfités , leur » réformation même s'il en étoit befoin ». Il a chargé en même tems plufieurs perfonnes de lui propofer leurs vues fur la confirmation, fuppreffion ou changement que pourroient exiger les différens éta- bliffemens que les ci-devant foi-difans Jéfuites laiffoient vacans.

Enfin les Rois d'Efpagne & de Naples, ainfi que le Duc de Parme , fe font auffi occupés, dès le moment de l'expulfion de cette Société , de ce qui avoit rapport à l'éducation ; le Duc de Parme a même confié le foin des Etudes à quatre Directeurs qu'il a créés pour cet effet.

Quelles lumieres ne devons-nous pas attendre des travaux que fe- ront dans ces différens Royaumes, les perfonnes chargées de propofer à leurs Souverains, leurs vues & leurs réflexions? Le choix qui en a été fait par des Princes dont la piété eft connue , nous affure que ces perfonnes n'adopteront pas cette philofophie de nos jours, qui n'a d'au- tre but que de fapper les fondemens de notre croyance, qui en vou- lant fouftraire les hommes au joug facré de la Religion , brife en même temps les liens de l'obéiffance à toute autorité, & en portant chaque individu a s'occuper privativement à tout, de fon intérêt perfonnel , le rend étranger à toute religion, à toute patrie, à tout devoir. Il fe- roit a fouhaiter pour le bonheur de l'humanité, que les Mémoires qu'ils donneront fuffent imprimés ; mais fi des raifons fupérieures de bien public nous privent de ces connoiffances, du moins nous en verrons le réfultat dans les loix que ces Souverains jugeront à propos de don- ner pour l'éducation. Déja la Cour a vu avec reconnoiffance les dif- férens établiffemens que le Roi a daigné faire d'après le Compte qui

lui a été rendu par ceux qu'il avoit chargé de ce détail; déja tout Citoyen zèlé pour la gloire de sa patrie, & tout François l'est, a vu avec
satisfaction que le Roi de Portugal a cru devoir puiser la plus grande
partie des Reglemens contenus dans son Edit de Juin 1759, dans les
principaux ouvrages que l'Université de Paris met entre les mains de
ses éleves. En effet, entre les différens livres François Elémentaires,
que le Roi de Portugal cite dans cet Edit, celui qui y est le plus souvent rappellé & qui paroît en avoir été la base, est l'inestimable Traité
des Etudes du célebre Rollin, ouvrage que l'Université de Paris se fait
gloire de reconnoître (dans les Mémoires qu'elle a rédigés en exécution de l'Arrêt du 3 Septembre 1762,) pour n'être que l'exposé de la
méthode qu'elle suit dans ses Ecoles; ouvrage enfin, auquel, dans ses
Mémoires, elle ramene presque à chaque page.

Avant que de mettre sous les yeux de Messieurs la division du présent Compte, je crois devoir leur rappeller non-seulement le disposi-
tif de l'Arrêt du 3 Septembre 1762, mais encore les motifs exposés
dans la Requête du Procureur Général du Roi, attendu qu'ils serviront
à fixer l'objet que la Cour avoit alors en vue.

Le Procureur Général du Roi expose dans sa Requête visée dans l'Arrêt du 3 Septembre 1762, que la Cour a, par l'un de ses Arrêts du 6
Août précédent, confirmé provisoirement les Concordats dressés en exécution de ses différens Arrêts de Février & Mars 1762, d'après lesquels
les Colléges étoient désservis par les Maîtres qui y avoient été alors
placés; qu'ainsi, par l'un des Arrêts du 6 Août 1762, la Cour a suffi-
samment pourvû pour le moment, à ce qui étoit instant pour procurer l'éducation à la jeunesse qui fréquentoit les Classes des Jésuites;
que dans ces circonstances » il croit devoir s'occuper d'un objet qui lui
» paroît essentiel, pour le maintien du bon ordre dans les Colléges,
» & pour l'accroissement & la perfection de l'étude des Belles-Lettres;
» que les Universités ont pour objet spécial l'éducation de la jeunesse;
» que le soin important de former des sujets pour l'Eglise & pour l'E-
» tat, leur a toujours été confié; qu'en conséquence elles ont formé
» des Réglemens d'étude & de discipline, qui ont été autorisés par la
» Cour, & qu'il seroit avantageux de les faire observer dans les Col-
» léges des Villes du ressort où il n'y a point d'Universités, en cher-
» chant néanmoins à perfectionner encore ces mêmes Réglemens; que
» pour y parvenir, il ne lui paroît rien de plus convenable que de
» consulter le zèle & les lumieres de ces Universités auxquelles l'u-
» sage & l'expérience ont dû découvrir ce qu'il conviendroit d'y chan-
» ger & d'y ajouter; que d'un autre côté, *il seroit très-important d'é-*
» *tablir dans la suite, autant qu'il sera possible, une correspondance entre*
» *lesdites Universités & les Colléges qui sont dans le ressort de la Cour, &*
» *dans des Villes où il n'y a point d'Universités, sans néanmoins déplacer*
» *les sujets qui occupent actuellement dans ces Colléges les Chaires & les*
» *Principalités, afin que l'enseignement de la Jeunesse, partant d'une même*

» *source pour se répandre dans tous les Colléges, se trouve par-là plus uni-*
» *forme, plus facile par conséquent à conserver dans toute sa pureté ; que*
» *les abus qui pourroient s'y introduire, puissent être plus promptement*
» *& plus sûrement réprimés, & que de ces enseignemens il résulte de*
» *nouveaux avantages pour l'accroissement des Sciences & des Lettres, pour*
» *le maintien des maximes du Royaume, & pour la gloire de la Na-*
» *tion.* »

D'après cet exposé, le Procureur Général du Roi a pris des conclusions qui ont été adoptées par l'Arrêt du 3 Septembre 1762, lequel
ordonne que les » Universités de Paris, Reims, Bourges, Poitiers, An-
» gers & Orléans, enverront dans trois mois au Procureur Général du
» Roi, tels Mémoires qu'elles aviseront bon être, contenant les Régle-
» mens d'études & discipline, qu'elles croiront devoir proposer pour
» être observés dans les Colléges des différentes Villes du ressort de
» la Cour, dans lesquels Mémoires elles indiqueront *les plans les plus*
» *propres pour remplir les trois principaux objets de l'instruction de la jeu-*
» *nesse, la Religion, les Mœurs, les Sciences ;* pour imprimer dans le cœur
» des jeunes gens les premiers principes de la Religion, leur en ap-
» prendre & leur en faire pratiquer les devoirs, & les appliquer utile-
» ment à l'étude de l'Histoire Sainte ; pour former les mœurs par l'étude
» & par la pratique de la vertu ; pour leur apprendre les élémens & les
» principes des Langues Françoise, Grecque, Latine ou autre, l'Histoire,
» les Belles-Lettres, la Rhetorique, la Philosophie & les autres Scien-
» ces qui peuvent convenir à cet âge, afin que l'instruction publique
» de la Jeunesse *dans le ressort de la Cour puisse procurer à l'Etat, des*
» *Chrétiens & des Citoyens capables de remplir, dans le respect & la sou-*
» *mission qu'ils doivent au Roi, aux Loix de l'Eglise & de l'Etat, & aux*
» *maximes du Royaume, les différens emplois auxquels ils peuvent être ap-*
» *pellés ;* comme aussi ordonne que lesdites Universités s'expliqueront
» dans lesdits Mémoires sur les différens moyens qui pourroient être
» employés pour que les Colléges établis dans les Villes du ressort de
» la Cour, ou du moins la majeure partie d'iceux, correspondent dans
» la suite à quelques-unes desdites Universités, soit par des affiliations,
» soit par d'autres moyens.

Le plan que traçoit cet Arrêt étoit vaste, son objet des plus importans, & sa réussite capable de procurer à l'Etat des Citoyens instruits
de tous leurs devoirs, & formés avec une attention particuliere à la
connoissance & à la pratique » de la Foi Catholique, Apostolique & Ro-
» maine, ainsi qu'au respect & à l'obéissance due à l'Eglise, à ses Pas-
» teurs, en particulier au Pere commun des Fidèles, & à la personne
» sacrée du Roi. (8) »

---

(8) Article 36. de l'Arrêt de Réglement rendu par la Cour toutes les Chambres
assemblées, le 29 Janvier 1765.

La correspondance qui y eſt annoncée auroit le double avantage de vivifier, dès le moment de ſon établiſſement, tous les Colléges, & de les prémunir contre le relâchement qu'ils pourroient éprouver par la ſuite; c'eſt du moins ſous ce point de vue que j'ai ſaiſi l'eſprit de l'Arrêt du 3 Septembre 1762; en donner les moyens, c'eſt tout l'objet du préſent Compte que je diviſerai en deux parties.

Dans la premiere, je diſcuterai quelle eſt la correſpondance à établir entre les Univerſités & les différens établiſſemens deſtinés à l'éducation, & quels ſont les moyens d'y parvenir.

Dans la ſeconde, j'expoſerai la méthode que l'Univerſité propoſe de ſuivre dans l'enſeignement des Humanités & de la Philoſophie.

PREMIERE PARTIE.

Quelle eſt la correſpondance à établir entre les Univerſités, & les différens établiſſemens deſtinés à l'Education, & quels ſont les moyens d'y parvenir.

PREMIERE PARTIE.

Education.

LE premier Mémoire de l'Univerſité a pour objet la correſpondance que la Cour s'eſt propoſée d'établir entre les Univerſités & les Colléges ſitués dans les différentes Villes du reſſort; cette correſpondance a été le vœu de quelques Villes, d'autres s'y ſont oppoſées (9). L'U-

---

(9) Quoique les différens Comptes que nous avons rendus à la Cour, contiennent le détail des vues des Officiers Royaux & Municipaux, relativement à l'affiliation, j'ai cru cependant utile de réunir en peu de mots ce qui s'y trouve repandu.

Le Compte du Collége *d'Amiens*, du 15 Mars 1763, pages 115 & 116, nous apprend que le plan d'affiliation de ce Collége avec l'Univerſité de Paris, d'abord adopté, puis rejetté par l'Univerſité, n'avoit pas non plus été agréé par la Ville d'Amiens.

La Ville *d'Aurillac* a voulu mettre ſon Collége ſous l'inſpection de l'Univerſité de Paris; elle déſiroit que ſon Principal fût au moins Bachelier de la Faculté de Théologie; que ſes Régens de Seconde, Réthorique & Philoſophie fuſſent Maîtres ès Arts, & que vacance advenant de la Principalité, le Recteur de l'Univerſité de Paris, lui préſentât cinq Sujets, parmi leſquels elle choiſiroit un Principal; cette propoſition a même été acceptée par l'Univerſité de Paris, (Compte du 5 Septembre 1763, pages 672 & 673); mais le Roi en a décidé autrement par les Lettres Patentes du 3 Mars 1766, vérifiées en la Cour le 31 du même mois.

La Ville de *Clermont-Ferrand* (Compte du 15 Juillet 1763, pages 416 & 432) déſiroit l'affiliation avec l'Univerſité de Paris, & ce, quoiqu'elle fût plus proche de celle de Valence: ſon motif étoit le commerce conſidérable qui ſe fait de la Province d'Auvergne avec la Capitale.

Nota. Cette Ville, ainſi que toutes celles qui déſiroient purement & ſimplement l'affiliation, demandoient que les Etudes de Philoſophie faites dans leurs Colléges fuſſent comptées au moins pour moitié de celles à faire, à l'effet d'obtenir le dégré de Maître ès Arts.

Les habitans de *Fontenay-le-Comte* ont pris un parti mitoyen, dans le premier moment de la ceſſation de l'enſeignement des Jéſuites; ils ſe ſont adreſſés à l'Univerſité de Poitiers, qui n'eſt pas fort éloignée (Compte du 2 Septembre 1763, pages 644 & 645). Cette Univerſité leur a envoyé des Profeſſeurs; mais depuis l'Edit de Février 1763,

niverſité

le Bureau n'a pas eu recours à cette Univerſité, & a choiſi de lui-même les Sujets qu'il a cru capables de remplir les places qui ſont devenues vacantes.

Les Officiers Royaux & Municipaux *de la Fléche*, s'oppoſoient auſſi à toute affiliation, notamment avec l'Univerſité d'Angers. (Compte du 5 Juillet 1763, pages 365, 366, 371 & 373); ils vouloient obtenir la création d'une Univerſité ; en voyant l'im-poſſibilité, ils ſe ſont reſtraint à une affiliation avec celle de Paris, ils l'ont demandée & obtenues ainſi que je le dirai ci-après.

Les Officiers Royaux & Municipaux de *Langres*, deſiroient l'affiliation avec l'Uni-verſité de Paris. (Compte du 19 Mars 1763, page 179).

Les Officiers Royaux de *Lyon*, ont propoſé l'établiſſement d'une Univerſité dans leur Ville, les Officiers Municipaux, au contraire, ſe ſont oppoſés non-ſeulement à ce nouvel établiſſement, mais à toute afiliation avec aucune Univerſité. (Compte du 8 Mars 1763, pages 102 & 106).

Les Officiers Royaux & Municipaux de *Mâcon* ne ſont pas d'accord, les premiers deſirent une affiliation à quelque Univerſité, les autres s'y refuſent. (Compte du 24 Mars 1763).

Les Oratoriens, chargés du Collége du *Mans*, propoſent (Compte du 6 Avril 1764, page 78) ſon affiliation à l'Univerſité d'Angers, dans la même forme, que les Sémi-naires de Lyon ſont afiliés à l'Univerſité de Valence. (Voyez ci-après la réclamation de l'Univerſité de Paris, contre cette affiliation, faite à l'Univerſité de Valence). Les Offi-ciers Municipaux d'Angers ont été alarmés de cette demande, & pour s'y oppoſer, ils ont envoyé à la Cour un Mémoire qui a été dépoſé au Greffe le 13 Septembre 1764.

Les Officiers Municipaux de *Moulins*, demandent l'affiliation à l'Univerſité de Paris. (Compte du 19 Mars 1763, page 144).

La Ville de *Nevers* n'a, en Mars 1762, choiſi que des Maîtres Gradués dans l'Uni-verſité de Paris ; elle deſiroit qu'à chaque vacance l'Univerſité lui préſentât trois Sujets, parmi leſquels elle choiſiroit, & que les conditions de ſon affiliation fuſſent réglées par un Concordat, dreſſé entre ſes Officiers Municipaux & l'Univerſité, & homologué par la Cour. (Compte du 19 Mars 1763, page 191).

Les Officiers Municipaux *d'Orléans*, vu leur poſition particuliere, d'avoir dans leur Ville une Univerſité, propoſent non-ſeulement une affiliation, mais la création d'une Faculté des Arts, pour réunir à celle de Droit, qui eſt la ſeule actuellement exiſtante dans l'Univerſité d'Orléans, ſubſidiairement les Officiers Municipaux deſirent l'affiliation avec l'Univerſité de Paris, propoſition contre laquelle les Officiers Royaux s'élevent avec la plus grande force. Quant à l'Univerſité établie à Orléans, elle s'eſt d'abord oppoſée non-ſeulement à l'établiſſement d'une Faculté des Arts, mais même à l'affilia-tion du Collége de cette Ville avec l'Univerſité de Paris ; dans ſes premiers Mémoires envoyés en exécution de l'Arrêt du 6 Août 1761, elle avoit même ſupplié la Cour de ne lui donner aucune inſpection ſur les Etudes qui ſe font au Collége d'Orléans ; mais depuis les Arrêts des 6 Août & 3 Septembre 1762, elle en demande l'inſpection & la ſurintendance, & continue de toujours s'oppoſer à la création d'une Faculté des Arts. Ayant extrait avec beaucoup d'étendue, les moyens reſpectifs des Officiers Royaux & Municipaux, ainſi que de l'Univerſité établie dans cette Ville, dans le Compte que j'ai eu l'honneur de rendre à la Cour, du Collége d'Orléans, le 27 Août 1763, (pages 589, 590, 596 & 600) je ne crois pas devoir m'étendre davantage ſur cet objet, j'obſerverai ſeulement que par l'article 6 des Lettres-patentes du 8 Novembre 1763, vérifiées en la Cour le 25 du même mois, le Roi a adopté les vues des Officiers Royaux relatives à une eſpece d'affiliation de ce Collége avec l'Univerſité, établi dans la même Ville.

B

lés & réduits à ne tirer que d'eux-mêmes les divers secours dont ils ont besoin, l'on ne doit point se flatter d'y voir l'éducation portée à ce degré de perfection que leurs Fondateurs ont eu en vue, & sans laquelle ils ne sçauroient contribuer ni au bonheur ni à la célébrité d'un peuple. Elles ajoutent que tant que les Colléges resteront dans l'état où ils sont, les Etudes se ressentiront nécessairement du peu de lumieres & d'encouragement qu'elles y reçoivent, & n'y produiront que des fruits grossiers, ou peut-être même dangereux; on n'y sçaura, ni développer les talens, ni animer la flamme du génie, ni mettre en œuvre les ressorts puissans de l'émulation : si quelque cause particuliere y a naturalisé des vices, des erreurs; leur empire s'y maintiendra tout entier; Sciences, Belles-Lettres, Exercices, Instituteurs, tout y portera l'empreinte humiliante de la médiocrité, tout y annoncera le demi sçavoir & le mauvais goût, peut-être plus préjudiciable à un peuple que l'ignorance & la barbarie.

Mais que la Cour porte aux pieds du Souverain les vœux des Universités, pour qu'en continuant la protection qu'il donne à tout ce qui intéresse l'éducation, il prescrive à chaque Université un territoire (10) ;

Enfin les Officiers Royaux & Municipaux de *Poitiers*, (compte du 7 Juin 1764) s'opposent à toute affiliation avec leur Collége, vu que selon eux » cette affiliation » rendroit les Classes du Collége de Poitiers désertes, & ôteroit à la Ville la ressource » des Pensionnaires, sans laquelle il est certain que plusieurs des habitans ne pourroient » subsister ».

(10) L'Université *d'Angers*, qui a bien vu que l'Arrêt du 3 Septembre 1762 ne pouvoit avoir d'exécution sans former un territoire à chaque Université, a demandé pour le sien, les Provinces de *Touraine, Anjou & Maine*; (voyez le Compte du Collége de la Fléche, du 5 Juillet 1763, page 366) les Officiers Municipaux de la même Ville, dans un Mémoire d'Août 1766, observent que » six nations (*Anjou, Bretagne, Maine,* » *Normandie, Acquitaine* & *France,*) se sont réunies dans les siécles les plus reculés, » & ont fait construire à grand frais de très-vastes Ecoles ».

Celle de *Bourges*, réclame outre *le Berry, la Province de Touraine* ou au moins la plus grande partie, depuis le Berry, auquel elle est limitrophe, jusqu'à la riviere de Loire; on pourroit y comprendre, dit-elle, le *Blésois, le Vendomois, le Dunois,* l'*Orléanois*, même quant à la Réthorique & aux Humanités, l'*Auxerrois,* le *Nivernois,* le *Bourbonnois,* le *Beaujolois,* le *Lyonnois,* le *Forest, la Haute & Basse Auvergne,* & *la partie du Limosin la plus proche de Bourges, la Province de la Marche, &c.*

Celle d'*Orléans* réclame l'*Orléanois* & le *Blésois.*

Celle de *Reims* revendique *la Champagne, les Frontieres & les Trois Evéchés.*

L'Université de *Bourges* a porté ses vues plus loin, elle ne se contente pas de demander qu'il soit assigné un territoire à chaque Université; elle desire qu'en laissant, pour l'intérêt des Lettres, une pleine & entiere liberté d'étudier dans toutes les Ecoles du Royaume, le Souverain veuille bien ordonner que les Etudes faites dans un Collége Correspondant de l'Université dans le territoire de laquelle l'on sera né, soient les seuls utiles pour l'obtention des dégrés; elle prétend (& je crois avec très-grande raison) que ce Réglement remédieroit à beaucoup d'abus, & soutiendroit la sévérité des examens, vu que les Ecoliers n'auroient pas les ressources d'aller prendre des dégrés dans des Universités où les Maitres sont plus faciles, dans celles mêmes où les Professeurs oubliant leurs sermens & leur devoir, chercheroient plutôt à avoir

qu'il établisse en même-tems une chaîne de communication entre les Universités & les Colléges répandus dans les Villes, tout changera aussi-tôt de face dans ces dernieres Ecoles. Comme c'est dans l'Université que la législation a fixé, depuis plusieurs siécles, le dépôt public des connoiffances & que tout concourt à y perfectionner le goût & l'art d'enseigner, les Colléges ne peuvent correspondre avec elles, sans participer aux richesses littéraires accumulées dans leur sein ; chaque Université deviendra pour les Ecoles soumises à son autorité, un principe de vie & de mouvement. Ces Colléges recevront des Universités, des Maîtres habiles & exercés dans l'art de former les cœurs & les esprits, une discipline fondée sur des statuts sages & réflechis, des principes de goût puisés dans les meilleures sources, la tradition des maximes cheres à l'Etat & nécessaires à son bonheur, des exercices propres à ranimer l'émulation parmi les Maîtres & les Disciples, des livres élémentaires faits avec clarté & exactitude, & sur-tout une méthode d'enseigner, dont une longue expérience aura justifié la perfection.

Cet ouvrage est même déja commencé par les Lettres Petentes du 21 Novembre 1763, & 3 Mai 1766. Dans le préambule des premieres, le Roi marque son desir pour que le loisir des Professeurs Emerites qui auront des logemens dans le Chef-lieu de l'Université puisse être utile aux Lettres ; dans le préambule de celles du 3 Mai 1766, le Roi déclare qu'il compte que ces Professeurs Emérites employeront leur loisir à composer des Livres Elémentaires ; dans les mêmes Lettres, en établissant des Agregés pour la Faculté des Arts, Sa Majesté leur a permis de remplir les Chaires des Colleges de Provinces, qu'Elle a jugé à propos de confirmer depuis son Edit de Février 1763, & leur a conservé, pendant qu'ils rempliront ces Chaires, le droit de l'Eligibilité à celles de l'Université

---

un grand nombre de dégrés à conférer, (car chaque collation produit des émolumens) qu'à ne les accorder qu'à des Candidats qui en seroient dignes; mais en faisant cette observation (que je regarde comme très-judicieuse, & même une des plus importantes, d'autant que cette trop grande facilité des Professeurs de certaines Universités, occasionne nécessairement un peu de relâchement dans les autres, qui sans cela seroient totalement privées d'Ecoliers), l'Université de Bourges rend à celle de Paris la justice qui lui est due, en proposant de l'excepter de la Loi générale, & de lui permettre de conférer des dégrés aux habitans non-seulement nés dans l'étendue de son territoire, mais même à tous ceux qui vivent sous la domination de notre Monarque bien-aimé.

Je finirai cette note par observer que les Lettres-patentes en forme d'Edit, du mois de Juillet 1749, portant Réglement pour l'*Université de Douay*, forment en quelque forte un territoire à cette Université, en ordonnant par les articles 182, 199, 252 & 282, que la Théologie, le Droit, la Médecine, & la Philosophie, ne pourront être enseignés que dans le sein de cette Université, & singuliérement par l'article 252, qui défend d'exercer la Médecine dans la Ville de *Douay*, ainsi que dans les Provinces de *Flandres*, *Artois*, *Hainault* & *Cambresis*, si l'on n'est reçu Membre de la Faculté de Médecine de l'Université de Douay, ou au moins Aggrégé à cette Université.

de Paris. On peut dire qu'il ne faut plus, pour remplir les defirs des Univerfités qui fouhaitent l'affiliation, que perfectionner l'ouvrage commencé par ces différentes Loix, & ajouter à tant d'avantages celui de voir les Colleges de Provinces fans ceffe furveillés par un Corps nombreux & éclairé, qui ne pourra fe méprendre, ni fur la nature des abus qui peuvent s'y gliffer, ni fur les remedes qu'ils exigent, & qui dans aucuns tems ne fera intéreffé à les diffimuler ou à les maintenir. Qu'on confidere encore que les Univerfités ne pourront agir fur les Colleges correfpondans, que ceux-ci n'agiffent à leur tour fur les Univerfités ; & que de cette action & réaction de plufieurs Corps Littéraires, réfultera néceffairement une plus grande lumiere, une plus grande chaleur dans les efprits, & par conféquent un plus grand effort vers la vérité & la perfection, & l'on aura une preuve complette du bien que produiroit dans les Ecoles publiques la correfpondance projettée.

Mais eft-ce au Corps même des Univerfités, ou à la feule Faculté des Arts que fera confié le foin de cette correfpondance ? Je ne prétends point blamer l'affociation des Facultés, telle qu'elle eft établie ; je fçais que toutes les connoiffances humaines font liées par une chaîne, qui touche par une de fes extrêmités à la fcience la plus fublime, & par l'autre à l'art le plus fimple : je fçais encore qu'il exifte des principes comme des encouragemens communs à toutes les Sciences ; que différens Maîtres peuvent trouver dans leur union & dans leur dépendance, un motif de plus pour bien faire ; mais l'expérience apprend qu'il eft fouvent, entre les diverfes Facultés, des jaloufies & des rivalités qui leur font plus nuifibles que profitables : chaque Maître ne veut voir que fon objet ; chaque Faculté ne connoît que fes droits & prérogatives ; les Sciences fupérieures font dans l'ufage d'écrafer les Sciences élémentaires, qui étant plus néceffaires, doivent être auffi plus répandues.

Les Facultés des Arts font détruites dans la plûpart des Univerfités, & fi la Faculté des Arts de Paris a confervé quelque fupériorité, elle la doit à une meilleure conftitution, au grand nombre de fes Ecoliers, au foin qu'elle a eu de ne jamais admettre de Réguliers, & furtout à la vigilance de la Cour, qui n'a ceffé de la foutenir & de la protéger. Car comme l'obferve M. de Sauffin (11), « l'Etat des différentes Univer- » fités prouve la néceffité de l'infpection immédiate & fuivie des pre- » miers Magiftrats fur ces corps Littéraires «.

D'ailleurs les Facultés fupérieures ne font pas des Sciences qui conviennent à tous les hommes, & peut-être même feroit-il dangereux que leurs Ecoles fuffent (du moins quant à quelques-unes) en trop grand nombre ; l'Univerfité de Paris obferve qu'il » feroit à défirer que les » Chaires de Théologie Polemiques fuffent fupprimées dans les Colléges » correfpondans, & que l'enfeignement de cette Science fût réfervé aux

---

(11) Voyez le Compte déja cité du 11 Décembre 1764, page 6.

» feules Univerfités, les Eccléfiaftiques deftinés aux fonctions du Mi-
» niftere, devant trouver dans les Séminaires une Inftruction fuffifante
» fur ce qui concerne la partie de la Théologie dont ils ont befoin, fur-
» tout la Théologie Morale, les Sacremens & les Cérémonies de l'E-
» glife (12) «. Je crois effectivement que les Ecoles des Facultés fupérieures doivent être beaucoup moins multipliées que celles de la Faculté
des Arts, qui ont pour objet cette Education premiere, néceffaire à toutes
les conditions, & qui embraffe prefque fans exception tous les membres de la Société. Cette idée n'eft pas nouvelle, c'étoit celle de l'Auteur
des Antiquités d'Orléans, imprimées en 1645 ; je joints ici en note (13)

---

(12) Cette idée m'a paru très-bien développée dans un des Mémoires qui nous ont été
remis, & où l'on a traité *ex profeffo* la queftion des Etudes de Théologie dans les Colleges correfpondans ; j'ai cru en conféquence devoir inférer ici en Note la portion de ce
Mémoire relative à cet objet. « A l'égard des Etudes de Théologie (eft-il dit dans ce
» Mémoire) elles doivent être réfervées aux Univerfités, où les Etudians trouvent plus
» de fecours, plus de lumieres, plus d'émulation que dans des Villes où il fe trouvera
» peu de Sujets qui s'y appliquent, & il feroit bon de ne laiffer fubfifter dans les grands
» Colleges tout au plus qu'un Profeffeur de Théologie morale, pour apprendre aux Ec-
» cléfiaftiques qui n'afpirent point aux Degrés, ce qui leur eft néceffaire pour former les
» Peuples à la vertu par la direction de leurs confciences ; mais leur interdire abfolument
» cette Théologie Scholaftique, qui exige les plus grands talens, le travail le plus fuivi,
» & l'efprit le plus jufte, qui étant confiée à des Maîtres dont l'éloignement rend l'enfei-
» gnement plus arbitraire, ou moins profond, ou plus fyftématique, peut engendrer des
» troubles dans l'Eglife ou dans l'Etat ; il feroit même indifpenfable que l'enfeignement de
» cette Théologie morale ne fût confié qu'à des Maîtres au moins Licenciés dans les
» Univerfités, où ils auroient pû puifer les vrais principes & les vraies maximes de l'E-
» glife & de l'Etat ».

(13) « Ce grand nombre d'Univerfités en *France* n'apporte qu'un défordre, trouble
» & mépris des bonnes Lettres ; & falloit, à l'érection de ces nouvelles Univerfités, in-
» former fur la commodité ou incommodité, appeller les Univerfités circonvoifines pour
» y déduire leur intérêt : & la faute & imprudence qu'on a commife en l'érection
» des nouvelles, c'eft qu'on a érigé & mis toutes les Univerfités en équilibre, & en
» balance égale, & même partage de toutes les facultés & fciences, ce qu'il me femble
» ne devoir être fait, parce qu'il falloit donner à l'une la faculté de Théologie feule-
» ment, à l'autre du Droit, & à l'une des autres celle de Médecine, felon les Lieux,
» Villes & Coutumes, & à toutes en général la faculté de la Grammaire & Arts Liberaux,
» pour la néceffité d'iceux : ce qui caufe une confufion & mépris entre les Ecoliers de
» même Univerfité, profeffant fciences contraires, & fait naitre des débats & rixes.........
» Car fi à une Univerfité qui fe préfentera un Ecolier, l'on ne lui baille fon Degré faci-
» lement, fans peine, & à tel prix qu'il défire, il s'en ira à la prochaine, qui n'eft pas
» diftante de vingt à trente lieues l'une de l'autre, où il aura tel Degré qu'il voudra, ce
» qui caufe une ambition, envie & mépris en telles Univerfités, contraires à leurs Infti-
» tutions, & préjudiciables à un Etat royal.
» Et plût à Dieu que pour rendre aux Univerfités anciennes leur éclat & luftre, & les
» remettre au plus haut point, & en l'apogée de leur premiere autorité & puiffance, il fe
» trouvât un Confervateur des anciennes Univerfités, les réduifant à un nombre certain,
» felon les Parlemens ». Hiftoire & Antiquité de la Ville & Duché d'Orléans, par
M. François le Maire, Confeiller au Préfidial d'Orléans. A Orléans, 1645, 2ᵉ Partie,
pages 46-48.

une partie des motifs qu'il employe pour soutenir son opinion, que j'ai adopté d'autant plus volontiers, que j'y suis autorisé par le suffrage d'un Magistrat célébre, qui, dans le Mémoire sur l'Éducation publique par lui présenté au Parlement de Dijon, établit précisement (14), » qu'autant » la multiplicité des Facultés de Théologie & de Medecine seroit peu » favorable, peut être même inutile, & souvent pernicieuse aux progrès » de ces Sciences, autant il seroit à souhaiter qu'il plût à Sa Majesté » établir une Faculté des Arts dans les Villes où l'on a jugé nécessaire » une Faculté de Droit «; peut-être même devroit-on multiplier les Facultés des Arts, plus que celles de Droit; & en proportionnant les secours aux besoins, établir dans le Royaume deux sortes d'Universités (15), les unes complettes réunissant dans leur sein l'enseignement de toutes les Sciences, les autres incomplettes restraintes à une ou tout au plus à deux Facultés, suivant qu'il seroit jugé nécessaire.

Cette division des Facultés n'est pas une nouveauté, plusieurs Universités du Royaume ne les renferment pas toutes; l'Université de Pau n'est composée que de deux Facultés (celle de Droit & des Arts). Les Universités d'Orléans & de Dijon ne sont fondées que pour le Droit; l'on a depuis peu disjoint la Faculté de Droit de l'Université de Nantes, & le Roi l'a transférée à Rennes, &c.

Les Universités, qui seroient complettes, devroient être très-rares, & placées seulement dans les Villes principales, que leur grandeur, leur opulence, leur position, semblent destiner au dépôt des Sciences, qui seroient comme les points centraux de l'Education publique; peut-être même que dans celles où une Cour Souveraine (16) pourroit veiller im-

---

(14) Mémoire sur l'Education publique, avec le Prospectus d'un College, suivant les Principes de cet Ouvrage, par M. Guyton de Morveau, Avocat Général du Roi au Parlement de Bourgogne, & par lui présenté au Parlement le 18 Mars 1764, & depuis imprimé en un volume *in-12*, de 324 pages. J'aurois desiré pouvoir faire un Extrait de cet Ouvrage, mais j'ai craint d'affoiblir par cet Extrait (qui d'ailleurs seroit nécessairement fort long) quelques-unes des réflexions ou des preuves de ce Plan d'Education publique, dont l'ensemble est nécessaire pour faire connoitre le plan de M. de Morveau.

(15) Cette division de grandes & petites Universités n'est-elle pas elle-même dans le vœu, tant de la Pragmatique que du Concordat, qui veulent qu'on n'accorde des Degrés qu'à ceux qui ont étudié *in Universitate famosâ*?

(16) L'Université de Paris l'a presque indiqué dans son Mémoire sur la Correspondance : en effet, regardant la Commission, dont la Cour nous avoit honoré par son Arrêt du 6 Août 1762, comme perpétuelle, & croyant, je ne sçais par quel motif, que la Cour nous avoit confié quelque superintendance sur l'Education, l'Université propose de nous référer de la plûpart des difficultés, que la correspondance qu'elle croit nécessaire & utile d'établir, occasionneroit. Le plan est, il est vrai, impossible (notre mission n'ayant aucune relation à l'inspection générale que les Rois de Portugal & le Duc de Parme ont donné à des personnes qu'ils ont spécialement chargées du soin des Etudes, & devant se terminer aussitôt que tous les Colleges ci-devant confiés aux Jésuites auront pris une forme stable;) mais de ce plan il résulte que l'Université pense qu'il seroit à désirer que ceux qui seront à la tête du Bureau de Correspondance puis-

médiatement fut leurs Etudes. Car, comme l'obferve encore M. de Sauffin
dans fon Compte du 11 Décembre 1764, » les étrangers (& par ces
» expreffions M. de Sauffin entend, non les Etrangers au Royaume,
» mais les François des autres Provinces que celles où font fituées les
» Univerfités) qui viennent prendre des degrés dans nos Univerfités,
» n'y font conduits que par la certitude de l'inobfervation de toutes
» regles « : remarque qui n'eft malheureufement que trop vraie.

A l'égard des Univerfités du fecond ordre, fi je peux m'expliquer
ainfi, elles devroient être placées dans des Villes moins confidérables;
& efpacées fuivant l'arrondiffement qu'on pourroit leur attribuer, elles
auroient leurs correfpondances particulieres; & plus cette correfpondance feroit bornée à l'objet de leur enfeignement, plus elle auroit
d'avantage & d'activité : peut-être même la feule Univerfité de Paris
devroit-elle (du moins pour le Reffort de la Cour) raffembler les quatre
Facultés. En effet, il n'eft prefque point d'Univerfité où il n'y en ait
quelqu'une qui ne foit languiffante & abforbée par les autres; & chacune d'entr'elles feroit plus floriffante fi, en l'établiffant, on avoit eu
égard aux befoins des lieux & aux génies des habitans (17) : au moins
(car les projets utiles ne fçauroient avoir trop d'étendue) la correfpondance établie entre les Univerfités & les Colléges devroit également avoir lieu entre ces mêmes Univerfités (18) & celle de Paris; c'eft

---

fent à tous momens recevoir les décifions de la Cour, ce qui ne fe peut faire qu'en n'é-
tabliffant les grandes Univerfités que dans les Villes où il y a Parlement.

(17) Ce font ces vues qui ont engagé le Gouvernement à s'occuper deux fois différentes de diminuer le nombre des Univerfités fifes dans le Reffort du Parlement de Grenoble. Monfieur de Sauffin, dans fon Compte du 11 Décembre 1764, que j'ai déja cité,
& qui ne peut l'être trop, rapporte avec beaucoup de détails les avis donnés en 1738
& 1754, par les Commiffaires nommés à cet effet par le Roi, & qui étoient le Premier
Préfident, le Procureur Général, & deux Confeillers du Parlement de Grenoble, auxquels l'on avoit affocié le Commiffaire départi dans cette Généralité. Le réfultat de leur
leur travail fut en 1738, ainfi qu'en 1744, de propofer au Roi la fuppreffion de l'Univerfité d'Orange, & la tranflation de celle de Valence à Grenoble : cette fuppreffion &
tranflation eft actuellement demandée par le Parlement de Grenoble dans un Mémoire
arrêté le 20 Mars 1765, & pour l'obtenir il emploie les mêmes motifs qui ont décidé
le Roi à fupprimer par Edit de Mai 1751, vérifié au Parlement de Touloufe le 9 Juin
fuivant, l'Univerfité de Cahors, & à la réunir à celle de Touloufe.

Nota. Depuis le 13 Mai 1768, jour que le préfent compte a été rendu au Parlement,
le Roi, par Lettres Patentes du 3 Août 1768, vérifiées le 11 du même mois à la Cour
Souveraine de Nancy, a transféré dans cette Ville l'Univerfité qui étoit à Pont-à-Mouf-
fon.

(18) Quand je parle des Univerfités du Royaume, je fuis bien éloigné d'y comprendre celle d'*Avignon* ; cette derniere mérite la plus grande attention de la part du Gouvernement; il eft à craindre que les Eccléfiaftiques qui y font leurs Etudes, & même
y prennent des Degrés, n'y foient inftruits dans des principes contraires aux Libertés de
l'Eglife Gallicanne, & aux quatre Articles du Clergé de 1682 : quelqu'attention que
les Evêques donnent enfuite à détruire ces premiers préjugés, ils font rarement diffipés,
du moins en entier, & la confervation de ces précieufes maximes font trop importantes,

le vœu que celle-ci a configné dans fon Mémoire, c'eſt celui de touſ François qui a à cœur la gloire des Lettres & le bonheur du Royaume.

N'eſt-il pas en effet à deſirer, que le bon goût, que tout concourt à faire naître dans la Capitale, ſe répande juſqu'aux extrémités du Royaume ; que tous les François participent aux tréfors de Sciences qui s'y accumulent de jour en jour ; que des jeunes gens qui ont la même Patrie & qui ſont deſtinés à ſervir le même Prince, & à remplir les mêmes emplois, reçoivent les mêmes leçons, & ſoient imbus des mêmes maximes; qu'une partie de la France ne ſoit pas ſous les nuages de l'ignorance, tandis que les Lettres répandent dans l'autre la lumiere la plus pure ; en un mot qu'il vienne un tems où on ne puiſſe plus diſtinguer le jeune homme élevé en Province, de celui qui a été formé dans la Capitale ?

Or, le ſeul moyen qui puiſſe conduire à une fin auſſi deſirable, c'eſt de faire de Paris le centre & comme le Chef-lieu de l'enſeignement public, d'établir des rapports de dépendance & de communication entre les Univerſités répandues dans la Province & celle de la Capitale, & d'accorder à celle-ci ſur toutes les autres, ſinon une autorité abſolue, qui pourroit gêner l'enſeignement, au moins une influence habituelle qui lui ſerve de ſoutien & d'encouragement.

Je ſçais qu'il n'eſt pas au pouvoir de la Cour d'exécuter en entier le plan de réforme que j'ai l'honneur de mettre ſous ſes yeux ; mais ce qu'elle ne pourroit faire par ſes Arrêts, elle pourra l'obtenir de la ſageſſe du Souverain ; ſon amour pour le bien public, & la juſte confiance dont il honnore la Cour, lui ſont de ſûrs garans de l'accueil qu'il fera à des vues dont l'utilité eſt auſſi générale que manifeſte ; vues d'ailleurs qu'il a fait naître en ordonnant par ſes Lettres Patentes du 10 Août 1766, que les Maîtres-ès-Arts de toutes les Univerſités du Royaume, (pourvu qu'ils ayent étudié ſous des Séculiers) ſeront admis au concours établi par ces Lettres Patentes.

L'uniformité dans l'enſeignement, & ſur-tout dans celui que l'on reçoit dans ſa plus tendre jeuneſſe, peut ſeul opérer celle dans les mœurs, dans les coutumes & dans les uſages, dont la diverſité eſt quelquefois ſi nuiſible aux projets les mieux combinés. Etablir cette uniformité étoit l'idée d'un des plus grands Magiſtrats de ce ſiécle (19), Magiſtrat formé

---

pour qu'il ſoit permis de douter que le Clergé ne donne tous ſes ſoins à les maintenir dans toute leur pureté, & ne ſoit le premier à ſupplier le Roi dé défendre à ſes Sujets d'aller étudier dans l'Univerſité d'Avignon.

Nota. L'on croit devoir obſerver que lorſque le préſent Compte a été rendu, le Roi n'étoit pas rentré dans Avignon, puiſque ce Compte eſt du 13 Mai 1768, & que les Lettres Patentes qui ordonnent cette rentrée en poſſeſſion ne ſont que du premier Juin ſuivant.

(19) Monſieur le Chancelier d'Agueſſeau, l'on ſçait que c'étoit l'objet qu'il ſe propoſoit dans les Ordonnances qu'il a rédigé ſur les *Teſtamens*, les *Donations*, les *Subſtitutions*, &c.

dans

'dans le fein de cette Compagnie, où il avoit puifé les principes de toutes les connoiffances qui affurent à fon nom une place parmi les plus
grands hommes de la nation. Mais quelque vrai que foit cette idée,
quoiqu'elle n'ait pour but que de procurer le bonheur des peuples,
& que ce ne foit que fous ce point de vue que l'on peut envifager un
plan projetté par M. d'Aguesfeau ; cependant je fens qu'il eft poffible
que l'on en abufe, peut-être même cet abus naîtroit-il du défaut de
mes expreffions : (car fi j'ai puifé ce plan dans les ouvrages fortis de
la plume de M. d'Aguesfeau, je n'ai point eu les mêmes fecours pour
en préfenter le dévelopement à Meffieurs.) On pourroit donc me prêter des idées oppofées à ma façon de penfer : en conféquence je me
hâte d'avertir que je fuis bien éloigné de propofer d'anéantir, ou même
de porter atteinte aux droits particuliers de certaines Provinces, aux
Loix fous lefquelles elles vivent, à leurs priviléges & à leurs exemptions qui doivent être refpectés. Une adminiftration fage ménage jufqu'aux préjugés des hommes, & le bien lui-même peut devenir une in-
juftice, s'il fe fait par des moyens violens & illégitimes. Mais il n'en
eft pas moins vrai que dans les droits particuliers de chaque Province,
il en eft plufieurs que l'on pourroit changer (20) , fans nuire aux priviléges de fes habitans ; il n'en eft pas moins vrai que la variété & la
bigarrure dans l'adminiftration y mettent de la lenteur & de l'incer-
titude ; que le bien qui s'opere tranquillement dans une partie du
Royaume, rencontre quelquefois dans une autre des obftacles invin-
cibles ; qu'enfin rien n'eft plus defirable dans une Monarchie, que l'u-
niformité ; & que par conféquent, fi l'autorité ne doit pas contraindre
les hommes d'y revenir, elle doit les y ramener par tous les moyens
qui font conciliables avec la liberté légitime des peuples. Or de tous
ces moyens il n'en eft point qui *puiffe* produire plus fûrement fon effet qu'une éducation *commune*, qui répande partout les mêmes principes & les mêmes lumieres. Imbus dès leur enfance des mêmes vérités, les jeunes gens de toutes les Provinces fe dépouilleront des préjugés de leur naiffance, ils fe formeront les mêmes idées de vertu &
de juftice, ils apprendront à rougir des barrieres qui les féparent de
leurs compatriotes ; ces jeunes gens devenus un jour les pricipaux d'entre les peuples, demanderont eux-mêmes des Loix uniformes qui auroient offenfés leurs peres, tous les intérêts particuliers feront effacés,
ils ne defireront conferver que les priviléges effentiels & utiles, ceux
fur-tout qui pourront leur faciliter des occafions de donner au Roi des
témoignages de leur amour & de leur fidélité, & d'employer au fervice de leur patrie leurs biens auffi librement qu'ils lui facrifient leur
vie. Quel fera l'effet de cette révolution ? Que l'obéiffance réunie à
l'autorité n'aura qu'une marche & qu'un principe, & le Gouverne-

---

(20) Les Ordonnances mentionnées en la Note précédente en font la preuve.

C

ment, par le seul établiffement d'une Ecole, mere & furintendante des autres Ecoles, obtiendra, ce qu'il eft trop jufte pour exiger, ce que la force & la violence ne pourroient même lui procurer, des mœurs femblables, une coutume générale, une légiflation commune, un efprit, un caractere, & fur tout un même droit national, objets fi effentiels & fi capables de contribuer à la gloire & à la fûreté des Etats, le feul moyen enfin d'augmenter *l'amour de la patrie*, dont l'effet eft fi bien préfenté par M. d'Agueffeau, lorfqu'il dit que cet amour eft *le lien facré de l'autorité des Rois, & de l'obéiffance des Peuples* (21).

Tels font les effets falutaires d'une double correfpondance des Colléges aux Univerfités, & des Univerfités à celle de Paris. Mais fi toutes ces Univerfités ne doivent pas être complettes, ne doit-il pas auffi, à plus forte raifon, y avoir de la différence entre les Ecoles particulieres ? N'y a-t-il aucun inconvénient à laiffer fubfifter cette multitude de Colléges qui fe font établis fucceffivement dans les plus petites Villes du Royaume, & jufques dans les Bourgades ?

L'Univerfité établit dans fon Mémoire un principe qui a befoin d'explication, elle dit qu'il en eft de l'empire des Lettres comme de certains Etats politiques qui diminuent leur force en étendant leurs poffeffions. Si l'on prenoit ce principe dans la généralité qu'il paroît préfenter, je penfe que l'on iroit contre l'intention de ce Corps Accadémique, qui eft fûrement très-perfuadé que l'éducation ne peut être trop répandue, afin qu'il n'y ait aucune claffe de Citoyens qui ne foit à portée d'en éprouver le bienfait, & qu'il eft utile que chaque membre de l'Etat puiffe recevoir l'éducation qui lui eft propre. En effet, faute de cette éducation, les plus grands talens feroient ignorés ou perdus pour la Société ; en un mot, comme le pays le plus riche eft celui ou nulle terre n'eft inculte, il me paroît certain qu'un Royaume n'eft jamais plus floriffant que lorfque la raifon eft plus généralement cultivée, & je le répete, l'Univerfité ne peut avoir une autre façon de penfer ; le Mémoire qu'elle donna en 1748, contre l'aggrégation des Séminaires du Diocèfe de Périgueux à l'Univerfité de Bordeaux, prouve ma propofition ; que l'on life ce Mémoire, on y verra que l'Univerfité ne s'y éléve contre la multiplication des Colléges, que » parce qu'il eft à crain-» dre que le trop grand nombre d'Etudians ne dépeuple les campagnes, » & ne nuife aux Arts & à l'Agriculture (22) ».

J'adopte très-volontiers ces réflexions ; en conféquence je fuis perfuadé que le principe, *qu'il eft néceffaire & convenable de procurer de l'Education à tous les Sujets du Roi*, doit avoir fes bornes, & je fuis bien éloigné de penfer que ce principe autorife la multiplicité des Colléges ;

---

(21) Dix-neuvieme Mercuriale, l'*Amour de la Patrie*, prononcée par M. d'Aguef-feau, Procureur Général, à la Saint Martin 1715, Tome I, pages 207 & 208.

(22) Page 32 dudit Mémoire imprimé in-quarto.

en effet, je regarde comme inconteſtable ce que dit l'Univerſité dans ſon Mémoire du 9 Janvier 1763, » qu'au moyen de la multiplicité des » Colléges, il y a, à la vérité, plus d'Etudians, mais moins de ſçavoir ». Auſſi le vœu que l'Univerſité forme pour la réduction du nombre des Colléges (23), me paroît très-avantageux aux Lettres ; car il eſt vrai tout à la fois, & que l'éducation ne peut être trop générale, & que les Colléges de plein exercice ſont trop multipliés ; l'on ne doit jamais perdre de vue ce principe, *que chacun doit être à portée de recevoir l'éducation qui lui eſt propre ;* or chaque terre n'eſt pas ſuſceptible du même ſoin & du même produit, chaque eſprit ne demande pas le même dégré de culture ; tous les hommes n'ont ni les mêmes beſoins, ni les mêmes talens, & c'eſt en proportion de ces talens & de ces beſoins (24) que

---

(23) Ce vœu eſt non - ſeulement conſigné dans ſes Mémoires de 1748 & 1763, dont je viens de parler, mais encore dans ſon Cahier général de Remontrances, délibérées le 13 Décembre 1614, lors de la derniere tenue des Etats Généraux du Royaume.

(24) L'Auteur du *Plan général d'Inſtitution, particulierement deſtiné pour la jeuneſſe du Reſſort du Parlement de Bourgogne,* imprimé en 1763, & dédié à ce Parlement, développe très-bien cette idée ; il l'applique, avec raiſon, à l'Education des deux ſexes, pour leſquels il propoſe d'établir différentes ſortes d'Ecoles ; il obſerve en même-tems que l'éducation des Demoiſelles eſt trop négligée, que c'eſt cependant un objet intéreſſant, puiſque « les femmes influent plus qu'on ne croit ſur les mœurs d'une Na- » tion ». Cette vérité eſt démontrée par l'expérience ; elle a auſſi frappé celui qui a compoſé *les Lettres à l'Auteur des Mémoires ſur la néceſſité de fonder une Ecole pour former des Maîtres, ſelon le Plan d'Education donné par le Parlement, Arrêt du 3 Septembre 1762 ; c'eſt ce qui l'a engagé à propoſer les Problêmes ſuivans* (page 5). « Les filles font-elles partie du genre humain ? Doivent-elles être comptées dans la » Société ? Doivent-elles avoir de l'éducation ? La Patrie s'eſt-elle ſérieuſement occu- » pée juſqu'à préſent de l'éducation des jeunes Demoiſelles, qui rempliront un jour » un état dans la Société ? Les jeunes Demoiſelles, en entrant dans le monde, y ap- » portent-elles les témoignages d'une éducation précédente, qui procure à l'Etat des » Chrétiens & des Citoyens » ?

On remédieroit à pluſieurs des abus que l'Auteur de ces Problêmes a voulu, avec raiſon, critiquer, ſi l'on adoptoit en partie l'établiſſement des Ecoles que propoſe l'Auteur du *Plan d'Education, dédié au Parlement de Bourgogne,* & dont, pages 12 & 13 il expoſe ainſi le projet.

« Je diſtingue quatre ſortes d'Ecoles pour les garçons : premierement, celles de la » Campagne & de la Ville pour les Enfans des Laboureurs, Vignerons, Jardiniers » & Agriculteurs : ſecondement, celles des Bourgs, des Villes, pour les Enfans d'Ar- » tiſans : troiſiemement, celles des Villes, pour les Enfans des perſonnes aiſées & les » jeunes Gentilshommes, où ils ſeront élevés juſqu'à l'âge de neuf ou dix ans, d'où » ils entreront dans les Humanités : quatriemement enfin, les Colléges où dans les » Claſſes du matin on fera un Cours d'Humanités Latines, & dans celles du ſoir un » Cours d'Humanités Françoiſes : ce dernier Cours ſera deſtiné à tous, au lieu qu'on » n'admettra au latin que ceux en qui on trouvera de la diſpoſition pour les Langues.

» Je diſtingue également pour les filles quatre ſortes d'Ecoles : premierement, celles » de la Campagne, où on leur apprendra l'Economie ruſtique : ſecondement, celles » de la Ville pour les pauvres filles, auxquelles on enſeignera le ménage & les fonc- » tions de Domeſtiques : troiſiemement, celles des Bourgs & des Villes, où l'on for-

doit être reglée l'éducation publique. Il n'eſt perſonne dans l'Etat qui ne doive avoir de la réligion, des mœurs & des connoiſſances relatives à la profeſſion qu'il exerce; la ſcience de lire & d'écrire, qui eſt la clef de toutes les autres ſciences, doit donc être univerſellement répandue; ſans elle, les inſtrućtions des Paſteurs ſont inutiles, la mémoire eſt rarement aſſez fidéle, & la lećture peut ſeule imprimer d'une façon durable ce qu'il eſt important de ne jamais oublier. Les mœurs ſuivent le ſort de la religion, qui en eſt la premiere ſauve-garde, & l'expérience ne nous prouve malheureuſement que trop cette vérité. Les peuples dépourvus de reſſources pour les premiers élémens, ſont moins humains & plus ſauvages, ils ſont auſſi moins riches & moins induſtrieux; l'agriculture même, que l'eſprit de ſyſtême peut détruire, ſe perd également par une routine aveugle; le Laboureur qui a reçu une ſorte d'inſtrućtion, n'en eſt que plus attentif & plus habile; qu'il ait de l'aiſance, & les connoiſſances ſuffiſantes pour perfećtionner ſon art, & rapportons-nous en à lui de chercher & de trouver les moyens d'augmenter ſon produit, & de diminuer ſa dépenſe; enfin plus le peuple eſt ignorant, plus il eſt prêt d'être ſubjugué ou par ſes propres préjugés ou par les charlatans de tous genres qui l'aſſiégent; c'eſt donc une fauſſe politique qui a décrié ces premieres Ecoles que nos Rois, par leurs Ordonnances, ont voulu rendre communes dans les Campagnes; plus elles ſeront répandues dans les Bourgs & dans les Villages, plus, d'une part, la Réligion & l'Etat y gagneront des ſerviteurs fidéles, & d'autre part, les Sciences ne coureront pas riſque de perdre des génies heureux qu'une premiere culture eut annoncé & mis à portée de ſe faire connoître.

Dans les petites Villes les Citoyens ſont en plus grand nombre, l'induſtrie plus animée, les beſoins plus diverſifiés; cette premiere éduca-

---

» mera des Ouvrieres & de bonnes meres de famille : quatriemement enfin, celles des » Villes où on formera des Demoiſelles & Filles de qualité ».

Si ce que j'ai déja dit, & ce que je dirai par la ſuite, établit mieux que je ne le pourrois faire dans une Diſſertation, (qui d'ailleurs interromproit trop le préſent Compte) que je n'adopte qu'avec quelques modifications, la diviſion des quatre ſortes d'Ecoles détaillées dans la préſente Note, il en réſulte en même-temps que je forme les vœux les plus ardens pour l'établiſſement de celles que l'Auteur propoſe pour les Campagnes; quoique les Maîtres de ces Ecoles ne doivent monter que les premiers élémens, je ſens cependant combien il ſera difficile d'en trouver de *capables*, qui veuillent bien ſe renfermer dans les bornes étroites que doit avoir cette éducation (ſi j'oſe dire) ruſtique; c'eſt ce qui m'a fait ſaiſir avec empreſſement, & conſigner dans le préſent Compte l'indication que donne à ce ſujet l'Auteur des Lettres adreſſées à l'Abbé Peliſſier, ſur ſon projet d'établir une Maiſon d'Inſtitution pour les Maîtres. Dans celle datée de Janvier 1763, cet Auteur s'exprime ainſi, page 26 : « On dit la Fondation d'une Ecole » pour former des Maîtres d'Ecoles déja ébauchée à Paris dans la Maiſon qui fournit les » Maîtres aux Ecoles gratuites de la Paroiſſe Sainte Marguerite : ſi cet établiſſement eſt » tel qu'il ſeroit à ſouhaiter que fut l'Ecole pour former des Maîtres d'Ecoles, il n'y » auroit plus qu'à lui donner une certaine étendue, & lui aſſurer la ſtabilité. ».

tion ne fuffiroit donc pas ; mais fi dans ces petites Villes comme dans les Campagnes, on ouvroit tous les tréfors de l'inftruction, on en ta- riroit la fource en cherchant à la répandre. Un Collége ne peut être utile qu'autant qu'il eft rempli de Maîtres habiles, & d'un certain nom- bre d'Ecoliers ; les premiers font néceffaires à toute éducation, la mul- titude des autres eft la bafe de l'émulation, & par conféquent de l'édu- cation publique. Or comment réunir ces deux avantages dans les peti- tes Villes ? Il ne faut pas croire que pour remplir les Chaires, & fur- tout celles des Claffes fupérieures, il fuffife d'avoir reçu dans fa jeu- neffe une premiere teinture des Lettres ; l'éducation demande, dans ceux qui s'y livrent, des talens peu communs ; à peine peut-on trouver pour les grandes Villes, de bons Profeffeurs de Rhétorique & de Philofo- phie, & quand ils feroient moins rares, les petites Villes n'auroient ni reffources pour les attirer, ni fonds pour les récompenfer, ni efpé- rance pour les retenir ; quand même à force de foins & de dépenfes on parviendroit à pourvoir les Colléges des petites Villes d'excellens Maîtres en tout genre, auroient-ils des Ecoliers à inftruire ? Les Claffes élémentaires y font communément remplies ; mais la Seconde, la Ré- thorique, & fur-tout la Philofophie, font encore plus communément défertes ; les parens envoyent volontiers leurs enfans au Collége dans ces premieres années, mais lorfqu'ils en peuvent retirer quelque uti- lité, ils les rappellent auprès d'eux ; fouvent même la capacité des jeu- nes gens fe refufe à une inftruction plus relevée, & fur cinquante étu- dians, qui commencent leurs études, on n'en trouve pas dix à qui, vû leurs talens, il foit profitable ou poffible de les achever.

C'eft donc dans les grandes Villes feulement que doivent être fi- tués les Colléges de plein exercice ; ainfi l'Univerfité eft autorifée à de- mander, non la fuppreffion totale de quelques - uns des Colléges des petites Villes, mais une réduction dans leurs Claffes : & comme cette reduction ne peut fe faire avec fageffe, fi elle n'eft combinée avec la pofition, la grandeur & les richeffes des Villes, l'Univerfité propofe de diftribuer en deux ordres les Villes du reffort, de mettre dans le pre- mier les places confiderables de chaque Province, & dans le fecond les petites Villes & les Bourgades ; de diftinguer relativement à cette divifion deux fortes de Colléges, le Collége entier ou de plein exer- cice, & le demi Collége, que j'appellerai pédagogie ; de ne placer les Colléges entiers (25) que dans les grandes Villes, & de mettre les de- mi - Colléges dans les Villes & lieux du fecond ordre.

---

(25) Le Miniftere public de Dijon, dans fon Mémoire, fur l'éducation, que j'ai déjà cité, défireroit qu'il n'y eût qu'un feul grand Collége par Province (page 50). L'Uni- verfité de Paris n'exige pas une fi grande réforme, elle fe contente de demander la fuppreffion de plufieurs de ceux qui exiftent, & elle confent à laiffer des Ecoles de Philo- fophie dans ceux que le Souverain jugera à propos de conferver. L'Univerfité de Bourges au contraire demande qu'il n'y ait d'Etudes de Philofophie que dans les Univerfités. Elle

Le demi-Collége ou Pédagogie, réduit aux 2, 3, ou 4 premieres Claſ-ſes, ſuivant les beſoins de chaque Ville, n'aura que 2, 3 ou 4 Pro-feſſeurs, & quelquefois un Principal. L'inſtruction y ſera bornée aux vérités de la Religion, aux principes de la Morale, aux régles de la Langue Françoiſe, aux élémens des Langues Latine & Françoiſe, & à ceux de l'Hiſtoire.

Ceux des jeunes gens qui ſe feront montrés dans ces Ecoles, peu préparés à la culture des Lettres, en ſortiront pour embraſſer les dif-férentes profeſſions auxquelles ils ſont appellés par la Providence, & pour leſquelles l'éducation qu'ils auront reçue, bien loin de leur inſ-pirer du mépris, ne leur aura donné que plus de diſpoſition. Ceux au contraire, qui auront annoncé dans les demi - Colléges, des talens & un génie particulier pour les Sciences, iront finir le cours de leurs études dans les Colléges de plein exercice, ou dans les Univerſités ; ſi la pauvreté de leurs parens les met hors d'état de fournir aux frais de cette derniere éducation, la Ville où ils auront été élevés pourra trouver, dans la ſuppreſſion même d'un certain nombre de Claſſes, des reſſources pour ſuppléer à leur inſuffiſance.

En effet, il ne ſeroit pas juſte que chaque Ville ne profitât pas en ſon entier des fondations qui y ont été faites pour l'éducation de la Jeuneſſe, ou des ſommes qu'elle a cru devoir y conſacrer ; mais au lieu d'entretenir des Profeſſeurs ignorans ou inutiles, combien ne ſe-

---

invoque les Ordonnances & l'uſage de la Flandre, où il n'y a aucune Ecole de Philoſophie, que dans la Ville de Douay, tellement que, (marque l'Univerſité de Bourges dans ſon Mémoire) » dans la Ville de Liſle, la plus grande, la plus riche, la plus peuplée de » toute la Flandre Françoiſe, il y a trois Colléges, l'un tenu par des Séculiers, l'au-» tre par les ſoi-diſants Jéſuites, & le troiſieme par les Auguſtins, où on enſeigne les » Humanités & la Rhétorique ; mais il ne leur fut jamais permis d'avoir un cours de Phi-» loſophie «. J'ajouterai que cet uſage eſt confirmé par l'Edit de Juillet 1746, dont l'article 282 défend d'enſeigner même la *Dialectique* dans aucune Ville des Pays-Bas François, & qui ne parle pour les Villes que des Profeſſeurs de Rhétorique & d'Huma-nités. De plus dans les différentes Loix données depuis l'expulſion des Jéſuites de la Flandre, & qui ont eu pour objet de confirmer les Colléges de cette Province, le Roi n'a établi dans aucuns, des Profeſſeurs de Philoſophie ; l'Edit du mois de Mai 1767, portant confirmation du Collége d'*Anchin*, établit à la vérité deux Chaires de Philoſo-phie ; mais le Collége ſitué dans Douay, eſt, par l'article 20, Aggrégé à l'Univerſité de cette Ville ; au lieu que dans le Collége de *Caſſel*, confirmé par Edit de Décembre 1767, & dans ceux de *Bergues*, de *Lille*, de *Maubeuge* & *de Valenciennes*, confirmés par Lettres-patentes, toutes datées du même jour 12 Décembre 1767, leſdites Lettres-patentes, ainſi que l'Edit, relatifs au Collége de Caſſel, vérifiés au Parlement de Douay, le même jour 9 Janvier 1768, le Roi n'a établi dans ces Colléges aucuns Profeſſeurs de Philoſophie, mais ſeulement des Profeſſeurs de Rhétorique & Claſſes inférieures. J'aj-outerai de plus que Sa Majeſté n'a pas encore fait connoître ſes volontés, relativement aux Colléges de Flandres, ſis dans le reſſort de la Cour, qu'à l'égard du Collége An-glois de Saint Omer ; or par les Lettres-patentes du 14 Mars 1764, vérifiées en la Cour le 5 Avril ſuivant, le Roi n'a pareillement établi dans ce Collége aucun cours de Philoſophie.

roit-il pas plus avantageux aux Villes d'avoir dans les grands Collé-
ges , des Bourfes au moyen defquelles les jeunes gens de ces mêmes
Villes , qui feroient doués de talens reconnus, pourroient recevoir une
éducation plus parfaite, dont leur Patrie recueilleroit enfuite les effets?
C'eft ce qui a été fait pour la Flandre & l'Alface. Sa Majefté ayant
jugé à propos, en 1766 & 1767, de fupprimer plufieurs Colléges fitués
dans ces Provinces, & d'en réunir les fonds à ceux qu'elle confirmoit,
a établit des Bourfes pour les habitans des Villes dont les Colléges
étoient fupprimés, & a ordonné qu'elles feroient accordées aux fils des
habitans les moins aifés & les plus chargés d'enfans (26); à ces difpofitions
que l'équité a dictée, il feroit à defirer que l'on en eut ajouté une que
je regarde comme très - importante & même comme néceffaire pour
remplir entierement le vœu du Légiflateur ; je voudrois que les Bourfes fuffent données au concours (27) c'eft le feul moyen d'écarter
toute brigue & toute faveur, & d'être fûr qu'elles ne feront que le
prix du talent. Quelques-unes des Bourfes fondées dans l'Univerfité de
Paris, font aftreintes à cette formalité, & l'expérience prouve qu'il feroit utile que cette loi fût générale.

On ne peut fe diffimuler que cette réduction de certains Colléges ,
defirée par l'Univerfité, & propofée par le Cardinal de Richelieu dans
fon Teftament Politique, dont je joins ici un extrait en note, (28) ex-

---

(26) Le Roi, par Lettres-patentes de Juillet & Août 1768, vient d'ordonner la même
chofe pour la Lorraine.

(27) Les Juges du concours feroient les Profeffeurs, en préfence , & de l'avis des
premiers Officiers de Juftice & de la Municipalité, peut-être même faudroit-il ordonner (ainfi que le propofe l'Univerfité dans fon Mémoire fur les moyens de pourvoir
à l'inftruction de la Jeuneffe & de la perfectionner) que les Commiffaires Académiques qui feront tous les ans (ainfi que je le dirai ci-après) la vifite des Colléges correfpondans, affifteront à ces concours, & même y préfideront.

(28) » Les Politiques veulent, en un état bien réglé , plus de Maitres ès Arts Mécani-
» ques, que de Maitres ès Arts Libéraux, pour enfeigner les Lettres.

» J'ai fouvent vu, pour la même raifon, le Cardinal du Perron fouhaiter ardem-
» ment la fuppreffion d'une partie des Colléges de ce Royaume : il defiroit en faire
» établir quatre ou cinq célébres dans Paris, & deux dans chaque Ville Métropoli-
» taine de Province.

» Il ajoutoit à toutes les confidérations que j'ai rapportées, qu'il étoit impoffible
» qu'on pût trouver en chaque fiecle affez de gens fçavans pour fournir une grande
» multitude de Colléges, au lieu que fi on fe contentoit d'en avoir un nombre moderé,
» on les pourroit remplir de dignes Sujets, qui conferveroient le feu du Temple en fa
» fûreté, & qui tranfmettroient par fucceffion non interrompue, les Sciences en leur
» perfection «.

» Il me femble, en effet, lorfque je confidére le grand nombre de gens qui font
» profeffion d'enfeigner les Lettres, & la multitude des enfans qu'on fait inftruire,
» que je vois un nombre infini de malade, qui n'ayant autre but que de boire de l'eau
» pure & claire pour leur guérifon, font preffé d'une foif fi déréglée, que recevant
» indifféremment toutes celles qui leur font préfentées, la plus grande partie en boie
» d'impure, & fouvent en des vaiffeaux empoifonnés, ce qui augmente leur foif &
» leur mal, au lieu de foulager l'un & l'autre.

citera plufieurs réclamations. On fuppofera des titres prétendus ou réels, des Communautés, des Bureaux d'adminiftration verront, avec peine, leur infpection portée fur un moindre nombre d'objets, des Officiers Municipaux fe plaindront de la diminution d'une confommation fouvent imaginaire; ce n'eft pas pour augmenter la confommation d'une Ville, encore moins pour accroître le crédit & le pouvoir de certains habitans, que font fondés les Colléges, c'eft pour répandre la lumiere & l'inftruction, & ce point de vue eft le véritable intérêt qui doit préfider à leur établiffement. Au milieu de ces réclamations, la fageffe de notre augufte Monarque, celle de la Cour exécutrice de fes volontés, fçauront diftinguer, les titres d'avec les prétentions, les préjugés d'avec les raifons, l'intérêt particulier d'avec l'intérêt général, & les Villes mêmes qui fe trouveront privées d'une partie des établiffemens qui faifoient leur gloire, finiront par applaudir avec reconnoiffance, aux changemens qui auront commencé par les allarmer; ainfi tout fera lié dans le fyftême de l'éducation publique, la lumiere jufqu'à préfent prefque toujours concentrée dans les grandes Villes, parviendra jufques dans les Villages, l'habitant de la Campagne & celui que la Providence à fait naître dans les conditions les plus élevées, recevront chacun l'inftruction qui leur convient, & comme dans le corps humain le cœur eft le centre d'ou le fang fe répand dans toutes les parties pour les vivifier fuivant leur deftination, le Royaume recevra de la Capitale, l'impulfion qui lui eft néceffaire, & le même principe de vie animera jufqu'aux Provinces les plus reculées.

Je ne fuivrai point l'Univerfité dans la compofition de ces différens Colléges, les vues qu'elle propofe m'ont paru très-bonnes, mais avant

---

» Enfin, de ce grand nombre de Colléges, indifféremment établis en tous lieux,
» arrive deux maux, l'un que je viens de repréfenter par la médiocre capacité de ceux
» qu'on oblige à enfeigner, ne pouvant trouver affez de Sujets anciens pour remplir
» les Chaires; l'autre pour le peu de difpofition naturelle qu'ont aux Lettres beaucoup
» de ceux que leurs parens font étudier, à caufe de la commodité qu'ils en trouvent
» fans que la portée de leur efprit foit examinée, d'où vient que prefque tous ceux qui
» étudient demeurent avec une médiocre teinture des Lettres, les uns pour n'être pas
» capables de plus, les autres pour être mal inftruits.

» Quoique ce mal foit de grande conféquence, le remede eft aifé, puifqu'il ne faut
» autre chofe que réduire tous les Colléges des Villes qui ne font pas Métropolitaines
» à deux ou trois Claffes, fuffifantes pour tirer la Jeuneffe d'une ignorance groffiere,
» nuifible à ceux mêmes qui deftinent leur vie aux armes, ou qui la veulent employer
» au trafic «.

» Par ce moyen, auparavant que des enfans foient déterminés à aucune condition,
» deux ou trois ans feront connoître la portée de leurs efprits : enfuite de quoi les
» bons qui feront envoyés aux grandes Villes, réuffiront d'autant mieux, qu'ils auront
» le génie plus propre aux Lettres, & qu'ils feront inftruits de meilleure main; « teftament politique du Cardinal de Richelieu, chapitre 2, fection 10, pages 105-107, édition in-12, d'Amfterdam, chez Henri des Bordes, 1688.

tout,

tout, il eſt néceſſaire que le Roi veuille bien expliquer à ce ſujet ſes intentions, & développer le plan de la réformation des Etudes, & de la reſtauration des Lettres, qui l'a engagé à établir des Agrégés dans la Faculté des Arts de l'Univerſité de Paris. Je me contenterai de joindre en note le plan que propoſe l'Auteur d'un Diſcours que l'Académie des Jeux Floraux a couronné en 1763 (29); je renverrai à la ſeconde partie du préſent Compte la diſcuſſion relative aux objets de l'enſeignement, & notamment s'il n'y auroit pas lieu d'établir de nouvelles Chaires, qui euſſent, ainſi que celles de Phyſique expérimentale fondées par le Roi en 1752 (dans le Collége de Navarre, ſis à Paris) un objet particulier. Au ſurplus le grand défaut de l'éducation actuelle eſt le choix des Profeſſeurs, & c'eſt auſſi un des grands avantages, ſoit de l'établiſſement des Aggrégés perfectionnés, ſoit de la correſpondance projettée, que de procurer les moyens de former des Maîtres, & de les rendre propres aux différentes fonctions qu'ils auront à remplir.

L'Univerſité commence à exclure des Colléges correſpondans tous les reguliers; d'autres Univerſités (peut-être en cela originairement excitées par les Jéſuites) les ont admis; bien plus, dans ce ſiécle même, nous avons vu créer une Univerſité, où le chef du Collége, confié à des Reguliers, étoit établi Recteur perpétuel de l'Univerſité; il eſt vrai que cette Univerſité, unique je crois en ſon genre, a été établie pour, & en faveur des Jéſuites (30); & que cette Société orgueilleuſe ſe jouoit des

---

(29) Je bannis ce qu'on a nommé juſqu'ici dans les Colleges, *Sixieme*, *Cinquieme*, *Quatrieme* & *Troiſieme*, &c. à ces mots je ſubſtitue » ce que j'appelle *Cours de Mé-* » *moire*, *Cours de Langues*, *Cours de Belles - Lettres*, *Cours de Philoſophie*, *Cours de* » *Rhétorique*, *Cours de Théologie*. On verra par ce qui va ſuivre pourquoi je me ſers » du terme de *Cours*, je demande un an pour le Cours de Mémoire, deux pour » le Cours des Langues, deux pour celui de Belles-Lettres, autant pour la Philoſo- » phie, autant pour la Rhétorique, trois pour la Théologie, trois pour le Droit, » autant pour la Médecine. Dans les Colleges où il n'y a ni Régent de Sixieme, ni » deux Profeſſeurs de Rhétorique, mon plan pourra auſſi avoir lieu avec quelques » petites modifications, qui ne toucheront point au fond «. Diſcours qui a remporté le Prix par le Jugement de l'Académie des Jeux - Floraux en l'année 1763 ſur ces paroles : *quel ſeroit en France le Plan d'Etude le plus avantageux* ? Par le Révérend Pere Navarre de la Doctrine Chrétienne, Profeſſeur de Philoſophie au College de l'Eſquille, (à Toulouſe) page 28.

(30) L'Univerſité de Pau a été créée par Lettres-patentes de Février 1724, vérifiées au Parlement de Navarre le 26 Mai 1725. Quelques jours avant (le 24 dudit mois) le Parlement avoit enregiſtré des Lettres-patentes du mois d'Avril 1725, qui confirment le Bref de Benoît XIII, du 12 Mars précédent, portant établiſſement d'une Univerſité à Pau. Le 4 Décembre 1725, le Roi a donné une Déclaration portant réglement pour cette Univerſité. Cette Déclaration, en quarante - deux articles, a été vérifiée au Parlement de Pau le 10 Janvier 1726. Il eſt bon d'obſerver que cette Univer- ſité, n'eſt compoſée que des Facultés de Droit & des Arts. L'article 3 » nomme le Supérieur général du Collége Royal des Jéſuites de la Ville de Pau, » Recteur de ladite Univerſité, pour faire les fonctions de cette Charge, & ſuppléer, » en qualité de Vice-Chancelier, aux expéditions néceſſaires en cas d'abſence ou autres » légitimes empêchemens du Chancelier »; & par l'article 30, « le Collége Royal de

Loix ; mais aussi-tôt qu'elle a disparu de dessus la surface de ce Royaume, les choses sont rentrées dans l'ordre, & le Roi, par ses Lettres-patentes du 20 Septembre 1765, vérifiées au Parlement de Navarre, le 9 Octobre suivant, a ordonné, entr'autres choses, par l'article 4, que le Collége de Pau seroit desservi par des personnes Ecclésiastiques ou Séculieres ; & par l'article 9, que le Recteur sera dorénavant choisi parmi les Membres des deux Facultés qui composent l'Université de Pau.

Je n'entrerai point ici dans la discussion de sçavoir si la profession Religieuse est compatible avec les devoirs qu'impose l'éducation, & si un Religieux, nécessairement soumis à un régime particulier, & que l'expérience prouve être en général plus attaché à son Ordre qu'à sa Patrie, peut être choisi pour donner à ses citoyens une éducation nationale ; ce seroit m'écarter de mon but : d'ailleurs cette question a été traitée avec tant de détails & tant de lumieres, par les Ministeres publics de Rennes & de Dijon (31), qu'il me reste très-peu à ajouter à ce que ces Magistrats ont dit : je me contenterai donc de faire trois observations.

1°. L'éducation a été l'objet de l'établissement de quelques Congrégations, & plusieurs s'en acquittent avec autant de zèle que de succès (32).

2°. Il faut cependant avouer que l'état des Universités qui ont admis des Réguliers, ne donne pas en général envie de réformer les Statuts qui sont en vigueur dans l'Université de Paris ; il faut aussi avouer que si par ces Statuts (que le Roi a de nouveau confirmé par le Réglement attaché sous le contre-scel des Lettres patentes du 10 Août 1766, en excluant du concours tous Maîtres-ès-Arts qui aura fait ses études sous des Réguliers), d'un côté l'Université se prive de quelques Sujets distingués que les Cloîtres pourroient lui fournir, de l'autre elle est sûre de ne pas admettre dans son sein des préjugés d'Ecoles, des jalousies dan-

---

» ladite Ville est nommé & choisi pour être le siége de la Faculté des Arts, & pour être
» aussi le lieu où se tiendroient les Ecoles & Séances de l'Université ; le Supérieur dudit
» Collége est, en qualité de Principal qui le régit, commis pour choisir les Docteurs ès
» Arts «.

(31) Voyez *le plan d'Education ou d'Etudes pour la Jeunesse, par M. de la Chalotais, Procureur-Général du Roi au Parlement de Bretagne,* présenté à ce Parlement le 24 Mars 1763, page 13 ; & *le Mémoire sur l'Education publique, avec le Prospectus d'un Collége suivant les Principes de cet Ouvrage, par M. Guyton de Morveau, Avocat-Général du Roi au Parlement de Bourgogne,* présenté au Parlement le 18 Mars 1764, pages 83-91.

(32) Je ne citerai que le Collége de Juilly, près Paris, gouverné par des Oratoriens, & celui de Pont-le-Voi, près Blois, gouverné par des Bénédictins ; mais il ne faut pas confondre ces Congrégations respectables, & qui méritent la plus grande considétion, avec un nouvel Ordre, fondé par le sieur de la Salle, & connu sous le nom de *Freres des Ecoles de la Charité,* ou des *Ignorantins,* que M. de la Chalotais, dans son plan d'Education ci-dessus cité, regarde, (page 25) *comme les Rivaux & les Successeurs des Jésuites.* Cette Congrégation n'est point autorisée par Letttes-Patentes dans le ressort de la Cour, & mérite la plus grande attention ; la Cour s'en est déjà occupée. Voyez mon **Compte du Collége de Bourges,** du 7 Juin 1764, chapitre 4, page 395-199.

gereufes, des opinions étrangeres, & une foule importune d'hommes médiocres, d'autant plus difficiles à conduire, qu'indépendamment des chefs de l'Univerfité ils ont encore d'autres Supérieurs & une autre dépendance.

3°. Cette queftion, très-délicate en elle-même, le devient peut-être encore plus dans les circonftances actuelles, où l'Edit que le Roi vient de donner, concernant les Ordres Religieux, doit opérer dans l'Ordre Monaftique une réforme, qui, fuivant les intentions du Légiflateur, a pour but de le rendre *plus utile à l'Eglife & à l'Etat* (33).

Cet objet (le bien de l'Eglife & de l'Etat) eft le même que je me propofe dans le plan que j'ai l'honneur d'expofer à Meffieurs. Pour y parvenir, il eft néceffaire d'avoir de bons Profeffeurs, & quand on confidere toutes les obligations que cette qualité impofe, l'on ne peut qu'en être effrayé. En effet, (pour me fervir des expreffions d'un homme qui a lui-même peint les obligations de fon état, ainfi qu'il les conçoit, & les remplit, & qui en 1762 & 1763 a donné au public plufieurs Mémoires, où ce qui concerne l'éducation eft très-bien traité) » un Maître formé » par les vrais principes, eft un homme qui fçait que par l'Ordonnance » de Dieu même, chaque particulier doit employer les talens qu'il a » reçus au bien de la Société; qui, felon la penfée de Saint Gregoire de » Nazianze, ne regarde pas fon état comme un moyen de faire fortune, » mais comme un miniftere dont il fera obligé de rendre compte; qui » fçait qu'il eft pafteur & Maître; qui fait qu'il doit inftruire, & par » l'exemple & par la parole; qu'à tout inftant il doit être en garde fur lui- » même, parce que par fon exemple, fans le vouloir & fans le favoir, il » peut faire beaucoup de bien ou beaucoup de mal; qui fait qu'il a befoin » de beaucoup de prudence & de modération pour reprendre tout ce qui » doit être repris, tolérer en même-tems bien des chofes que l'on ne » peut corriger que dans certaines circonftances; qu'il faut réunir, s'il » eft poffible, les motifs de la piété & de la crainte de Dieu; qu'il faut » de la fermeté & beaucoup de douceur; qui fait enfin, & qui eft bien » convaincu, que fes foins & fa vigilance feroient infructueux fans les » fecours du Tout-puiffant, qui peut feul faire porter des fruits aux » jeunes plantes cultivées par la main des hommes » (34).

Ce Maître eft fans doute bien difficile à trouver, & l'on ne peut pas fe flatter que tous ceux qui concourent à l'éducation, réuniffent tous les talens & les connoiffances que l'on peut defirer; mais du moins il faut exclure de l'enfeignement tous ceux qui n'auront qu'un mérite médio-cre, & qui ne donneront pas lieu d'efpérer qu'en s'occupant à fe per•

---

(33) Préambule de l'Edit de Mars 1768, vérifié en la Cour le 26 du même mois, *concernant les Ordres Religieux.*

(34) Mémoire fur la néceffité de fonder une Ecole pour former des Maîtres felon le plan d'Education donné par le Parlement en fon Arrêt du 3 Septembre 1762, par l'Abbé Peliffier. Pages 5-7.

fectionner, ils rempliront les efpérances de l'Etat, qui leur confie de jeunes plantes qui doivent faire par la fuite fon foutien. Pénétrée des mêmes vues, l'Univerfité demande que les Principaux & Profeffeurs des Colléges correfpondans foient Maîtres-ès-Arts (35). Les Univerfités étant en quelque forte refponfables du progrès des Etudes dans tous les Collé-ges de leur correfpondance, il eft jufte de chercher dans leur fein ceux qui doivent être appliqués dans les Colleges à l'enfeignement public ; & quoique la correfpondance ne foit pas encore établie, le Roi a bien voulu, relativement au College d'Auxerre, accorder déja à l'Univerfité ce qu'elle defiroit. Les Lettres Patentes du 10 Novembre 1763, vé-rifiées en la Cour le 12 du même mois, portant confirmation de ce College, ordonnent (Article III.) que fes Profeffeurs ne pourront être choifis que parmi les Maîtres-ès-Arts de l'Univerfité de Paris.

Mais tout Maître-ès-Arts eft-il digne de cette qualité? Et quand même il le feroit, doit-il être indiftinctement appliqué aux fonctions de l'Edu-cation publique? On peut avoir des talens, & n'avoir dans le cœur ni honnêteté ni Réligion; on peut avoir des talens, & n'avoir pas ceux de la Chaire qu'il s'agit de remplir; on peut avoir des talens, & n'avoir pas celui d'enfeigner.

L'Univerfité eft donc obligée de convenir qu'il y a un choix à faire parmi les Maîtres-ès-Arts ; elle croit que ce choix doit être confié à fes lumieres, attendu qu'elle connoît mieux que perfonne la capacité des Sujets qu'elle a formés, & qu'elle eft engagée par l'intérêt même de fa réputation à ne faire que des choix dignes d'elle, & propres à juftifier la confiance des Villes. Elle fouhaite donc qu'on lui accorde le droit de préfenter pour chaque Chaire trois Maîtres-ès-Arts, parmi lefquels le Bureau d'Adminiftration fera tenu d'en choifir un pour remplir la Chaire vacante.

Perfonne n'eft plus perfuadé que moi des droits que l'Univerfité a fur notre confiance ; mais je ne fçais fi au moyen des deux conditions que l'Univerfité propofe pour le choix de Maîtres, elle aura fuffifamment pourvu à ce que les Chaires des Colleges correfpondans foient digne-ment remplies.

---

(35) L'Univerfité obferve qu'étant la premiere & la mere des autres Univerfités, fes Maîtres ès Arts ont toujours joui dans les autres Univerfités des Priviléges qu'elle n'accordoit pas aux autres Maîtres ès Arts des Univerfités de Province ; cette diftinc-tion eft bien due à la fille aînée de nos Rois. Il feroit même, dans le plan contenu au préfent Compte, très-aifé de lui conferver une diftinction auffi jufte qu'honorable, & pour cet effet il faudroit ordonner que les Maîtres ès Arts, reçus dans les Univerfités de Province, feront obligés, quand ils voudront être admis dans la Maifon d'Inftitution, de fe faire coopter dans les nations de la Faculté des Arts, en la maniere accoutumée, & ainfi qu'il eft (par l'article 6, du titre 3 du Réglement du 10 Août 1766) ordonné, pour ceux qui veulent devenir Aggrégés, au lieu que les Maîtres ès Arts de Paris ne feroient foumis à aucune formalité ni épreuves, pour fe faire coopter & immatriculer dans les autres Univerfités.

Elle convient elle-même que la Profeſſion d'inſtituteur de la jeuneſſe devant être comptée parmi les Profeſſions les plus importantes & les plus difficiles, on ne peut s'empêcher d'exiger de ceux qui y aſpirent un temps d'épreuve, une ſorte d'apprentiſſage, & des actes probatoires par leſquels leur capacité ſoit bien conſtatée ; or, je le demande à tout homme qui connoît les uſages de l'Univerſité, les actes probatoires en vertu deſquels un jeune homme eſt inſcrit dans la Liſte des Maîtres-ès-Arts, ſont-ils bien propres à prouver ſa capacité dans la Grammaire ou dans les Belles-Lettres, ou même dans la Philoſophie ? •

L'Univerſité croit ſans doute qu'un choix fait avec juſtice & diſcernement ſuppléera à des épreuves ſi défectueuſes par elles-mêmes ; mais un Corps auſſi éclairé ne ſçait-il pas combien l'ignorance eſt agiſſante, importune & féconde en reſſources pour ſurprendre ou pour arracher des ſuffrages ? Mais peut-il ſe promettre que ceux de ces Membres qu'elle aura chargés d'un choix auſſi important ſçauront ſe défendre de la ſéduction, de l'amitié, qu'ils n'écouteront jamais la voix impérieuſe du ſang, qu'ils ne ſe laiſſeront point entraîner par le poids des recommandations ? Les hommes les plus vertueux, les mieux intentionnés, ſont quelquefois ſi foibles ! . . . . .

Quand il n'y auroit parmi ceux que l'Univerſité chargera de préſenter aux Chaires vacantes, que des ames droites & courageuſes, dont rien ne peut ſurprendre ou corrompre la Juſtice, ſera-t-il toujours en leur pouvoir de faire un bon choix ? Dès que la ſeule qualité de Maître-ès Arts ſera requiſe pour juſtifier la prétention de ceux qui aſpirent aux Chaires des Colleges correſpondans, ils ne ſongeront point à ſe procurer d'autres titres, ni par conſéquent à faire de nouveaux efforts pour s'en rendre dignes ; d'où il pourra arriver que l'Univerſité ne verra parmi les aſpirans aux Chaires que des ſujets mauvais ou médiocres, & que toute ſa ſageſſe aboutira au triſte ſoin de ne choiſir que les moins mauvais & les moins incapables. L'Univerſité a ſenti ces inconvéniens ; ils l'ont portée à ſe réſerver, dans ſon Mémoire du 9 Janvier 1763 ; » à s'ex-
» pliquer par la ſuite plus en détail ſur le moyen de connoître les mœurs
» & les qualités de ceux qui pourront être employés à remplir les Chaires
» des différens Colleges ; en attendant qu'elle propoſe ce projet, &
» dans la ſuppoſition qu'il n'eût pas lieu, [elle obſerve] que les Arts
» Libéraux, les métiers les plus groſſiers, les profeſſions les plus frivoles
» exigent un tems d'apprentiſſage ; que l'autorité publique, dont la
» vigilance s'étend à toutes les parties de l'adminiſtration, ne permet
» pas à toutes perſonnes indiſtinctement de s'ingérer dans les différens
» emplois qui partagent le ſervice de la Société ; qu'elle a mis un frein
» à la cupidité & à l'ignorance, en déterminant, par des Réglemens pré-
» cis, le tems d'épreuves & les moyens de conſtater les qualités & la
» capacité de ceux qui ſont admis à exercer les différens Arts ; & que
» l'Art d'inſtruire les hommes, d'éclairer leur eſprit & de former leur
» cœur, eſt un champ libre, une carriere ouverte à tout le monde ſans

» diftinction , fans examen , fans actes probatoires (36) «.

Le Roi , dont l'amour paternel fe porte avec la même activité à toutes les parties de l'adminiftration , a été frappé des mêmes abus, il a cherché à y remédier ; ce font ces motifs qui ont dicté toutes les Loix qu'il a jugé à propos de donner depuis le mois de Février 1763 , & notamment celles des 3 Mai & 10 Août 1766. Mais , comme je l'ai déja obfervé , l'établiffement des Aggrégés , fait par ces Lettres Patentes , ne pourroit-il pas être étendu & augmenté , non-feulement à l'égard des Colleges correfpondans de l'Univerfité de Paris , mais même relativement aux Univerfités de Province & aux Colleges qui y correfpondront ? Au furplus , je ne peux me refufer à une réflexion par laquelle même j'au-rois peut-être dû commencer le préfent Compte : c'eft que plus l'on approfondit ce qui concerne l'Education & plus l'on voit que loin de créer il ne faut que perfectionner ce qui exifte : les vues fupérieures du Monarque qui nous gouverne , lui ont fait établir les principes de tout ce qu'il faut faire pour cet objet. En effet , réunir toutes les différentes difpofitions répandues dans fes Lettres Patentes relatives à l'Education , en former un Corps , appliquer à la totalité des Provinces foumifes à fon Empire ce qu'il n'a d'abord ordonné que dans quelques-unes, & comme pour en tenter la réuffite ; c'eft ainfi que Meffieurs ont déja pu le remarquer , & que la fuite du préfent Compte le prouvera encore davantage ; c'eft , dis - je , tracer un plan d'Etude , d'Education & de réforme des Univerfités.

La Cour n'a fûrement pas perdu de vue , que ces objets étoient ceux que le Roi fe propofoit , lorfqu'il a donné l'Edit de Février 1763 , & nous ne devons pas douter qu'il ne veuille bien perfectionner un ouvrage fi utile pour le bonheur de fes Peuples.

L'établiffement des Aggregés dans toutes les Facultés des Arts me paroît fingulierement une des bafes capitales de ce plan. Je dis l'établif-fement dans toutes les Facultés des Arts : car celle de Paris n'eft pas la feule qui ait des Aggregés ; je ne parlerai pas de ceux qui exiftent dans toutes les Facultés de Droit , d'après les difpofitions de l'Edit de

---

(36) Dans fon Mémoire dépofé au Greffe le 4 Mars 1762 , l'Univerfité avoit encore plus développé fon idée , elle s'y exprime ainfi » : Toutes les places des Colléges une » fois remplies , rien n'empêcheroit qu'on n'ouvrît , pour ceux qui refteroient à pour-» voir , une forte de *concours* , fur l'établiffement duquel l'Univerfité offre dans le tems » tout ce qui dépendra de fon zèle & de fon expérience. En prenant ce moyen , la » Cour pourvoiroit donc au préfent , & mériteroit à jamais la gloire d'avoir pris , pour » donner à la Jeuneffe des Maîtres excellens , la voie la plus certaine de répandre de » plus en plus l'émulation , & d'augmenter l'éclat & la confidération des Etudes ». Après un vœu fi précis pour l'établiffement du concours , ne doit-on pas être étonné que les Loix des 3 Mai & 10 Août 1766, ayent éprouvé tant de difficultés , notamment de la part de la nation de Normandie , qui avoit cependant , non-feulement par fes Députés, mais en Corps , & après une lecture faite en l'Affemblée générale de fes Membres , ap-prouvé le 28 Février 1762 , le Mémoire, dont a été extrait ce qui eft rapporté dans la préfente Note.

1679, & dont le Roi vient d'ordonner l'exécution pour la Faculté de Droit de Poitiers (37) qui s'y étoit souftraite. Le Compte de M. de Sauffin, que j'ai déjà cité, nous apprend que dans l'Univerfité de Valence il y a des Aggregés, même dans la Faculté de Théologie & de Médecine; il exifte enfin des Aggregés dans la Faculté des Arts de Douay. Mais avant que de développer ces idées, jettons un coup d'œil fur l'état actuel des Colleges que deffervoient les Jéfuites lors de leur expulfion.

La forme d'adminiftration, la plus fage & la mieux combinée a fes côtés foibles; celui de la nouvelle adminiftration établie dans les Colleges, confifte dans la difficulté d'avoir de bons Maîtres; difficulté qui n'a pas échappé aux lumieres de Meffieurs; Je ne rappellerai pas à la Cour tout ce qui fut dit à ce fujet lors de l'enregiftrement de l'Edit de 1763. Je me contenterai d'obferver, que pénétré de l'utilité de la Loi dans les circonftances où étoit alors l'Education, Meffieurs s'en rapporterent à la fageffe du Souverain pour parer à des inconvéniens qui n'avoient pas échappé aux lumieres du Légiflateur. Nous nous occupâmes, dans le premier moment, d'affurer l'Etat des Profeffeurs qui avoient eu affez de zèle & d'amour de la Patrie, pour fe charger de l'éducation, à l'époque du premier Avril 1762; ce fut l'objet d'un Arrêt de réglement du 25 Février 1763. Deux ans après (le 29 Janvier 1765) la Cour raffura les Régens, que la crainte de dépofitions un peu trop arbitraires décourageoient, & fit un réglement où elle fçut ménager les intérêts particuliers du Maître qui defire garder fa place, avec l'intérêt général, qui veut que l'on ne confie pas le foin d'élever la Jeuneffe à des Maîtres dont la doctrine ou les mœurs feroient douteufes, ou même qui manqueroient de talens néceffaires pour enfeigner. Refte actuellement à remédier à la difficulté de trouver des fujets: l'embarras de faire un bon choix fe renouvelle à chaque vacance de Chaire; les hommes confommés dans l'étude des Lettres, ou font placés d'une maniere conforme à leur defir, ou n'ont que du dégoût pour les fonctions pénibles de l'inftruction publique; les Bureaux d'Adminiftration font donc obligés d'opter entre des hommes d'un âge mûr, mais fans talens & fans génie, ou des jeunes gens dont l'efprit a reçu, à la vérité, une certaine culture, mais dont le goût & le caractère même ne font pas encore formés. Ces jeunes gens font communément préférés, & ils doivent l'être; tiennent-ils toujours tout ce qu'ils ont promis? Et lorfqu'on s'apperçoit de leur infuffifance, a-t-on le courage, je vais plus loin, eft-il même jufte de les déplacer, & non-feulement de les fruftrer d'une fubfiftance fur laquelle ils femblent avoir droit de compter, mais même de les déshonorer? Faute de moyens pour parer à ces inconvéniens, l'expérience fait voir qu'en pareil cas, le bien général eft facrifié au bien particulier, & qu'un fujet médiocre n'eft jamais déplacé uniquement parce qu'il eft médiocre: d'autant que de le dépla-

---

(37) Edit d'Août 1765, vérifié au Parlement le 12 du même mois.

cer pour cette raifon ; c'eft de la part des Nominateurs ; s'accufer de n'avoir pas pris affez d'informations ; que de plus , il eft très-douteux que celui qui fera nommé pour le remplacer, ne fera pas auffi médiocre que celui que l'on deftitueroit. J'ajouterai que les perfonnes qui , aux termes de l'Edit de Février 1763 , compofent les Bureaux d'Adminiftration , font très-capables de régir les biens des Colléges, mais que la plûpart n'ont pas fouvent les connoiffances néceffaires pour choifir un bon Maître.

Si d'ailleurs, un Profeffeur devient infirme, qu'il ne puiffe plus remplir fes fonctions, que faire de lui? Le laiffer dans fa Claffe? Le bien des Etudes s'y oppofe ; le congédier? Des ames douces & humaines ne peuvent s'y réfoudre, & d'ailleurs cela n'eft pas jufte. Je conviens que le Roi, dans les différentes Lettres Patentes qu'il a données depuis cinq ans, pour confirmer les Colléges, autorife les Bureaux d'Aminiftration à accorder aux Profeffeurs & Régens , la penfion d'Emerite avant le tems prefcrit par la Loi ; mais fouvent les fonds des Colléges auroient de la peine à fuffire à cette furcharge : de plus, ces exceptions doivent être d'autant plus rares, qu'il faut éviter d'ouvrir la voie à des récompenfes précoces & déplacées. Ainfi le Bureau d'Adminiftration eft toujours placé par rapport aux Maîtres, entre trois embarras; celui de faire un bon choix , celui de dépoffeder & de remplacer un Profeffeur, qui, avec de bonnes mœurs & quelques talens, n'a pas tous ceux néceffaires pour bien élever la Jeuneffe ; enfin celui de concilier, dans le cas d'une fanté foible & altérée , ce qu'il doit à l'éducation & à l'humanité.

Tels font les inconvéniens de la forme actuelle des Colléges; j'ajouterai de plus, que quoique je fois en général oppofé à confier des Colléges à des Communautés, cependant il faut convenir que ces Colléges, loin d'être expofés aux difficultés dans le détail defquelles je viens d'entrer, ont, au contraire, à cet égard, une fupériorité d'avantages, &, fi j'ofe m'exprimer ainfi, une fupériorité d'organifation, qu'on ne fçauroit trop leur envier; qu'il leur eft avantageux d'avoir entre leurs mains & en leur difpofition un certain nombre de jeunes gens propres aux Lettres, & deftinés par état, à la profeffion d'inftituteur, de pouvoir les former de bonne heure dans le filence de la retraite aux connoiffances & aux vertus relatives à cette profeffion; de pouvoir les faire paffer par degrés à des Claffes fupérieures & à des Colléges célébres; de pouvoir les déplacer fans nuire à leur bien-être ni à leur réputation, & par conféquent fans exciter ni plaintes ni murmures ; de pouvoir enfin remplir , fans délai, les différens vuides que la maladie ou la mort laiffent dans les Claffes, & avoir des afyles toujours ouverts aux Profeffeurs vieux & infirmes. Si on parvenoit donc, au moyen de quelqu'établiffemens, à faire jouir les nouveaux Colléges des mêmes avantages, on auroit corrigé les inconvéniens attachés à leur adminiftration, & on y conferveroit tout ce que l'ancien régime avoit d'utile, fans en avoir

ni

ni les abus ni les dangers! or cela eft-il difficile? Je ne le crois pas. Il
fuffiroit, ce me fémble, d'adopter, quant au fond, le plan propofé par
l'Abbé *Peliffier* , dans les différens Mémoires qu'il a donnés en 1762,
& qui ont pour objet de démontrer la néceffité d'établir dans Paris une
Maifon d'inftruction pour former des Maîtres; plan dreffé, ainfi que
le dit l'Auteur, d'après celui donné par la Cour, dans fon Arrêt du 3
Septembre 1762. Les Loix qu'il a plû au Roi de donner depuis 1762,
procurent les moyens de perfectionner ce plan : il faudroit en conféquence établir, dans chaque Univerfité, des Aggrégés & en former une
efpece de Corps de réferve. Je m'explique, en réitérant auparavant
ce que j'ai obfervé en commençant, que je ne prétends au furplus, propofer que des vues, & que je les foumets aux lumieres fupérieures de la Cour, que je prie de vouloir bien continuer à m'honorer de fon attention, cet endroit étant un des plus importans du Compte
que j'ai l'honneur de lui rendre aujourd'hui.

Je propoferai donc qu'on établiffe, dans le chef-lieu de chaque Univerfité, une Maifon d'inftruction, deftinée à former les jeunes gens qui
veulent fe dévouer aux fonctions de l'enfeignement, & que cette Maifon foit gouvernée par des perfonnes tirées des différentes Facultés,
fuivant les différens objets de l'enfeignement ; que le nombre de ces
jeunes gens foit fixé relativement à celui des Collèges renfermés dans
la Correfpondance; qu'ils y foient reçus au concours, féparés en trois
Claffes, & admis après trois actes probatoires, en la même forme &
de la même maniere que les nouveaux Aggrégés de la Faculté des Arts
de Paris ; qu'ils foient alors déclarés Aggrégés; que l'on faffe revivre
en leur faveur les épreuves anciennes qu'il falloit fubir pour obtenir
le dégré de Maître-ès-Arts; & qu'aux titres de Bachelier & de Licen-
cié , que les Etudians obtiennent par un fimple examen avant que de
recevoir le dégré de Maître-ès-Arts, on les force de réunir les connoiffances & la capacité que ces titres indiquoient autrefois; qu'après avoir
été admis dans la Maifon d'Inftitution, ils foient tenus, au moins pendant un tems qui fera limité, d'affifter aux Conférences qui fe feront
dans cette Maifon; qu'ils fubiffent, à la fin du terme fixé pour leur pro-
bation, un examen fur les leçons qu'ils auront prifes; qu'ils ne puiffent
enfin être nommés à aucune Chaire qu'après ce tems d'épreuves; j'obferverai à Meffieurs, que ce plan eft dicté par les Lettres Patentes du
10 Août 1766; car le Roi y ordonne expreffément (article 10 du titre
10) que par la fuite, aucun Aggrégé ne pourra être nommé à une Chaire,
qu'il n'ait exercé pendant deux ans les fonctions d'Aggrégé, lefquelles
font détaillées dans le titre neuf, & dont (pour les tenir dans l'habitude du genre de travail auquel ils fe deftinent) une des principales
eft d'affifter & argumenter à tous les Exercices qui fe feront dans ies
Claffes pour lefquelles ils font Aggrégés; je voudrois de plus, que ces
Aggregés fuffent obligés de compofer toutes les années, foit un difcours,
foit une piéce de vers, ou un traité, foit une differtation fur les fujets

E

34

qui leur seroient indiqués par les Chefs de la Maison d'Institution ; qu'il ne leur fût pas libre de refuser d'aller dans tous les Colléges où il plairoit aux Chefs de la Maison d'institution de les envoyer, pour y professer, soit à demeure, soit par *interim*, & qu'ils ne pussent désobéir en pareil cas, sans perdre leurs places d'Aggrégés ; que leurs honoraires fussent fixés à 500 livres, qu'ils en jouissent jusqu'à ce qu'ils soient nommés à une Chaire dans un des Colléges Correspondans, mais que ces mêmes honoraires leur fussent rendus s'ils venoient a quitter leurs Chaires par ordre de la Maison d'Institution ; qu'ils eussent de plus, l'expectative de la pension d'Emerite après un certain nombre d'années, ainsi que le droit de pouvoir être seuls nommés à toutes les places de Maîtres, vacantes dans les Colléges Correspondans ; je voudrois aussi qu'ils pussent (ainsi que le Roi l'a permis aux Aggrégés qu'il a établis dans la Faculté des Arts de Paris, par ses Lettres Patentes du 3 Mai 1766) se charger d'éducations particulieres, & qu'ils conservassent en même tems tous leurs droits, excepté cependant, que ne pouvant alors être obligé d'aller par *interim*, remplir des Chaires, je penserois qu'ils ne devroient, s'ils se livrent à des éducations particulieres, ne jouir tout au plus que de la moitié de leurs honoraires.

Trois motifs m'ont singuliérement déterminés à proposer ce plan à Messieurs.

Premierement, j'ai pensé comme l'Abbé Pelissier, que l'établissement d'une Maison d'Institution pour former les Maîtres, étoit dans le vœu de l'Université. Je joins ici en note (38) les preuves que l'Abbé Pelissier en donne, en priant Messieurs de se rappeller ce que j'ai extrait ci-dessus (p. 29 & 30), du Mémoire de l'Université du 9 Janvier 1763, où cette Compagnie se plaint que l'on ne fasse pas une espece de Noviciat, pour apprendre l'art d'instruire les hommes ; abus qui est si bien développé dans les Mémoires donnés au Public par l'Abbé Pelissier, qu'il m'a paru essentiel d'en mettre le détail sous les yeux de Messieurs (39).

___

(38) « L'Université de Paris propose pour sujet du Prix d'Eloquence Latine, qu'elle
» doit donner en 1763. (Ce Mémoire est daté de Janvier 1763) : *Quanti populorum*
» *intersit eadem in omnibus scholis publicis de Religione, de Moribus ac Litteris doceri*
» (*Mandatum Rectoris, die jovis 25 Novembris, anno 1762*). L'Université décide donc
» que le bien public demande que l'enseignement dans les Ecoles publiques soit un &
» uniforme ; que c'est par cette voie de l'uniformité que l'Instruction publique de la
» Jeunesse tournera infailliblement au profit de la Patrie ; le sujet proposé n'est pas un
» problême à résoudre . . . . l'uniformité de l'enseignement est un bien ; donc
» il faut l'ordonner, & le faire garder : l'uniformité de l'enseignement est un bien ;
» donc il faut ordonner les moyens, & faire prendre les moyens qui seuls peuvent
» opérer cette uniformité ; en décidant la fin, on décide les moyens. L'Université a
» décidé la fin ; donc elle a décidé les moyens ; donc elle a décidé la nécessité de fon-
» der une Ecole pour former des Maîtres ». *Quatrieme Mémoire sur la nécessité de fonder une Ecole pour former des Maîtres, selon le Plan d'Education donné par le Parlement. Arrêt du 3 Septembre 1762, pages 2 & 7.*

(39) « L'Education peut-elle être l'objet d'un essai ?

Secondement, cette Maison m'a paru nécessaire pour former les Maî‑
tres à l'art important & difficile de sçavoir enseigner, & de sçavoir
enseigner tout ce que les jeunes gens doivent apprendre; ces connoif‑
sances sont nécessaires pour qu'ils remplissent bien leurs devoirs, &
cependant, comme le remarque le même Auteur, » pourvu qu'un Maî‑
» tre ait les connoissances pour instruire ses éleves par rapport aux Scien‑
» ces, qu'il posséde les talens de les développer, & de les mettre à
» leur portée, si d'ailleurs, il est de bonnes mœurs & propre à la So‑
» ciété, on n'en demande pas davantage : il semble qu'on ne pense pas
» que les enfans ont un cœur à former, & c'est néanmoins la fonction
» la plus essentielle d'un Maître ; (fonction) qui doit durer autant que
» l'éducation........... & former le cœur des jeunes gens est certainement
» plus difficile que de cultiver leur esprit (40) ».

L'Auteur de ces Mémoires, après avoir très‑bien détaillé (41) ce que
les Maîtres doivent faire pour former le cœur de leurs éleves, conclut
» qu'il faut par conséquent que les Maîtres fassent une étude particu‑
» liere de ce devoir si essentiel...... (& que) n'y ayant aucune Ecole
» publique, où l'on donne des Leçons expresses & suivies de cet Art
» si nécessaires aux Maîtres de la Jeunesse, il faut qu'il y ait une Maison
» d'Institution dans laquelle on l'enseigne (42) ».

Troisiémement, il m'a paru que s'il existoit une Maison d'Institu‑
tion, les nouveaux Colléges n'auroient plus rien à envier, par rap‑
port au choix des Maîtres, aux Colléges régis par les Communautés.

En effet, parcourons en peu de mots tous les avantages dont jouis‑
sent ceux des Réguliers, & l'on verra que l'établissement que je propose,
les procurera aux autres Colléges.

Demande‑t‑on que les Chaires ne restent pas long‑tems vacantes?
Il se trouvera toujours parmi ceux qui seront Aggrégés à la Maison

---

» Est‑il de l'honnête homme de s'engager à faire ce qu'on n'a jamais fait, & de
» promettre de bien faire ce qu'on n'a jamais appris ? Est‑il de l'homme prudent de s'ex‑
» poser sans guide aux dangers d'un chemin qu'on ne connoit point ? Sous les yeux de
» qui travaille‑t‑on dans les quartiers des Colleges & ailleurs ? Mille fois & dans
» mille occasions, il faut s'en rapporter aux Maîtres qu'on y a placés, & les suppo‑
» ser Maîtres ; s'ils ne sont pas Maîtres, que feront‑ils ? N'est‑ce pas un crime de sa‑
» crifier un seul enfant à l'apprentissage d'un homme, qui n'est Maître que par le nom
» qu'on lui donne ?

» La formation du cœur & de l'esprit n'est‑elle pas le chef‑d'œuvre de l'Art des
» Arts ?

» Confier l'Education des enfans à des hommes qui n'ont point été formés tout ex‑
» près, n'est‑ce pas par un renversement prodigieux de tous les principes, enseigner que
» l'Art, de tous les Arts le plus difficile, est le seul qui ne doit pas être appris ». (Idem,
pages 21 & 22).

(40) Idem, premier Mémoire, pages 14, 15 & 17.

(41) Voyez idem, page 15, & le Discours sur l'Education, du sieur Vamire, notam‑
ment pages 19 & 20.

(42) Premier Mémoire de l'Abbé Pelissier, page 17.

d'Inftitution , des Sujets prêts à les remplir. Defire-t-on que les Maîtres qu'on employe dans les Colléges foient déja connus, éprouvés &
exercés aux fonétions de l'enfeignement ? Ces Maîtres n'auront été admis qu'après des épreuves réitérées, & ils auront reçu eux-mêmes une
forte d'éducation, qui ne leur eft pas fouvent moins néceffaire qu'à leurs
Difciples.

Veut-on que les grands Colléges foient conduits par des sujets diftingués & reconnus pour avoir des talens fupérieurs ? Les Aggrégés à
la Maifon d'inftitution pourront commencer par être employés dans
les Colléges moins confidérables ; je ferois même d'avis que cette ef-
péce de noviciat, dans des Colléges d'un rang inférieur , fût d'obligation ; l'on pourroit auffi adopter l'ufage qu'avoient les Jéfuites pour
remplir les Chaires importantes, & finguliérement celle de Réthorique
du Collége de Louis le Grand : ils faifoient une efpece de concours
entre tous les Régens de Réthorique de leurs Colléges , & celui qui
paroiffoit avoir plus de talens étoit choifi. On pourroit même , s'il
étoit jugé néceffaire , affujettir ces Régens à une nouvelle épreuve, avant
que d'être nommés à des places plus importantes.

Defire-t-on qu'en cas de mécontentement, le Bureau puiffe changer
un Profeffeur , fans bruit, fans fcandale, fans le perdre, fans le def-
honorer, fans lui ôter une honnête fubfiftance ? Sur la demande du
Bureau, la Maifon d'inftitution rappellera ce Profeffeur ; s'il n'eft pas
fans talens, ou que fa faute ne foit pas confidérable , il confervera le
droit d'Aggrégé, & l'efpérance d'être placé dans un autre Collége. Defire-t-on enfin qu'on puiffe, fans bleffer les Loix de l'humanité , débar-
raffer un Collége d'un Profeffeur infirme, qui ne peut remplir fes fonctions ? La Maifon d'Inftitution le rappellera encore, & fi fon infirmité
n'eft que paffagere, il attendra, avec les honoraires d'Aggrégé, le rétabliffement de fes forces pour être employé dans un autre Collége ;
fi au contraire, c'eft l'âge ou une maladie incurable qui le force à fe
retirer, il aura un logement dans la Maifon d'Inftitution (où il devra
y en avoir d'affeétés , tant à ceux qui feront dans les Ordres facrés,
qu'à ceux qui auront embraffé l'état du Mariage,) les honoraires d'Aggrégé, ainfi que ceux attachés au grade d'Emerite (qu'il aura obtenu par
fes travaux, ou que la Maifon fera autorifée à accorder dans certaines circonftances) lui procureront un fort honnête & tranquille le refte de fes jours.

Craindra - t - on que les Aggrégés refufent d'obéir lorfqu'on voudra
les envoyer dans des Maifons qui ne leur conviendront pas, ou
les faire paffer d'un Collége dans un autre ? Un pareil refus leur
feroit perdre non - feulement leur Chaire, mais encore la qualité
d'Aggrégé, & avec cette qualité les honoraires & droits qui y font
attachés : or des fujets nés avec plus de talent que de fortune, ne re-
nonceroient pas volontiers à un revenu affuré, à l'efpérance d'un revenu
plus confidérable, à celle d'une habitation commode, à tous les avantages de l'état qu'ils ont embraffé ; leur gloire, leurs intérêts, feront

les garants de leur obéissance & de leur fidélité à remplir leurs devoirs, ainsi que la probité & la capacité de ceux qui seront à la tête de cette Maison d'Institution, répondront au Public & aux Professeurs, que l'intérêt général sera seul écouté dans les changemens, ainsi que dans les rappels qu'ils ordonneront.

Je finirai ce parallele en joignant ici en note (43) le projet de l'Ad-

---

(43) Le marbre qui couronnera son Portail annoncera aux siecles à venir sa noblesse & ses prérogatives. On y lira : « *D. O. M. Schola Universitatis Regia, Regis pietas fundavit anno M. DCC. LXII.*

» Les Constitutions de l'Ecole pour former des Maîtres, régleront,

» 1°. Le nombre des Supérieurs pour la conduite & le gouvernement de la Maison, Principal, Sous-Principal, Procureur, Professeurs, Préfets d'Etudes, &c........ (Si on y fait attention, les Professeurs sont déja fondés, Professeurs pour les Langues, Professeurs pour l'Eloquence, Professeurs pour la Philosophie, Professeurs pour les Mathématiques, &c. je parle du College Royal ; les Eleves y seroient conduits alternativement par le Sous - Principal & le Préfet d'Etudes ; les Leçons de MM. les Professeurs ne sont que d'une heure, on pourroit écouter commodément deux Professeurs : on rendroit compte dans la Maison des Leçons du College Royal, &c............. Sous nos yeux ce précieux Etablissement n'est presque utile à personne, par le défaut d'Auditeurs. Assignés des Ecoliers au College Royal : vous ferez revivre la Fondation, & vous lui rendrez sa premiere splendeur, &c. .... Les Professeurs sont trouvés, on trouvera les Directeurs). 2° L'honoraire de chaque Supérieur. 3°. La dépendance & le rapport des seconds aux premiers. 4°. Le choix des Supérieurs pour l'instant de la Fondation & pour la suite, à qui en appartiendra la nomination. 5°. Les qualités & les grades des Supérieurs, seront - ils Gradués, Maîtres-ès-Arts au moins dans quelque Université ? 6°. Les Supérieurs seront-ils Ecclésiastiques ? S'ils ne le sont pas, porteront-ils l'habit ecclésiastique ? 7°. La reddition des comptes, soit du Procureur au Principal, soit du Principal au Ministere public. 8°. Les fonctions particulieres de chaque Supérieur dans la Maison. 9°. Le Chapelain, le Principal en fera-t-il les fonctions, &c. 10°. Le nombre de Places gratuites fondées dans l'Ecole. 11°. A qui appartiendra la nomination à ces Places ? 12°. Les qualités & les grades de ceux qui seront nommés aux Places fondées, seront-ils Maîtres-ès-Arts, ou la Maison les fera-t-elle recevoir ? 13°. Les témoignages pour être pourvû des Places, & les raisons pour être renvoyé de la Maison. 14°. Pendant combien d'années on jouira des Places (pages 15-17) ». Dans le même Mémoire l'Auteur donne les moyens pour donner plus d'étendue à l'Ecole destinée à former des Maîtres ; ils sont au nombre de trois : le premier est de recevoir des Pensionnaires : le second le titre & les prérogatives du titre de *Socius Regiæ Universitatis Scholæ* : le troisieme de fonder l'Emérite pour les Eléves de l'Ecole : l'Auteur a bien senti que ce dernier moyen occasionneroit beaucoup de dépense : pour ne pas surcharger la Maison d'Institution, il propose (pages 29 & 30) « que les Principaux des Colleges & les Maîtres de Pension payent à la Maison d'Institution 100 liv. pour chaque Maître, que la Maison leur aura donné ; que cette somme de 100 livres soit payée tout le tems que les Maîtres travailleront dans les Maisons ; qu'après leurs sorties les Principaux & les Maîtres de Pension ne soient plus tenus à rien ; qu'on ne reçoive dans le bâtiment des Emérites, que ceux des Eléves de la Maison, pour lesquels cette somme de 100 livres aura été payée pendant les 20 ou 25 années fixées pour l'Emérite ; que si les Maîtres placés d'abord dans les Colleges ou dans les Pensions, sont appellés à d'autres places, ils pourront conserver le droit à l'Emérite, en payant eux-mêmes pour les années à écheoir, non 100 livres, mais 200

miniftitution, tel que l'Abbé Péliffier l'expofe dans fon fecond Mémoire
en date du 25 Octobre 1762. Ce projet rendra plus fenfible la poffibilité
de la Maifon d'Inftitution que je propofe, & même (fi cet établiffement
étoit adopté) il pourroit être utile à ceux qui feront chargés de dreffer
les réglemens néceffaires à donner à cette Maifon.

Outre les avantages que je viens d'expofer, cet établiffement en
renfermera encore un, qui me paroît le plus précieux de tous ; les Maîtres
feront citoyens, ils ne dépendront que de l'Etat ; ils fe confacreront, fous
fon infpection & fous fon autorité, à un travail utile ; enfin leur capacité
reconnue & éprouvée leur procurera la plus grande confidération, & ces
avantages me paroiffent, ainfi qu'au Parlement de Grenoble, (44) des plus
propres à perfectionner l'éducation ; ils avoient déjà été préfentés à cette
Compagnie, dans le Compte de M. de Sauffin, du 11 Décembre 1764, qui
paroît avoir fervi de bafe au Mémoire rédigé par ce Parlement, le 20
Mars 1765, & je ne crois pas pouvoir mieux faire que d'invoquer l'autorité de ce Magiftrat ; en conféquence je joindrai ici en note (45) les

---

» livres par année ; que même on donnera plus d'étendue à cet Emérite, fi on le trouve
» bon, & que tous ceux qui feront de la Maifon & Société y ayent droit, en payant
» eux-mêmes tous les ans deux cens livres à la Maifon ».

(44) Mémoire du Parlement de Grenoble, déja cité, du 20 Mars 1765, page 46.

(45) M. de Sauffin, dans fon Compte, où il paroit adopter la divifion en grands &
petits Colleges, que j'ai expofé ci-deffus, s'exprime ainfi, page 28 : « Les affiliations
» à l'Univerfité, fi defirées dans d'autres Provinces, s'établiroient naturellement ; il eft
» aifé de fentir les avantages qui réfulteroient de cette opération bien combinée.

» Premier avantage. Sûreté parfaite de l'Etat fur les Inftituteurs : nul régle-
» ment, nulle pratique, qui ne foit connue & autorifée ; les engagemens des Univer-
» fités les dévouent à la défenfe de nos maximes. L'Etat feul donne à ce grand corps
» le mouvement, & s'il fe repofe fur eux avec confiance de l'exécution des détails in-
» térieurs & de la pratique journaliere, c'eft que tous fes réglemens lui font connus ; il
» ne redoute ni l'autorité d'une Puiffance étrangere, ni l'influence de l'efprit de corps,
» ni l'empire d'un intérêt différent de celui de la Nation.

» Second avantage. L'émulation plus excitée fera de meilleurs Maîtres ; & c'eft
» le premier fecret pour former une bonne Inftitution : or, dans une Univerfité bien
» ordonnée, l'émulation eft excitée par le defir d'obtenir des Places utiles, de paffer à
» d'autres plus confidérables, de s'y maintenir avec réputation, & de mériter la con-
» fiance publique. L'intérêt du Particulier eft lié avec la réputation du Corps dont il
» eft membre, fans être efclave ; l'art confifte à bien difpofer les refforts, & à les entre-
» tenir enfuite dans une jufte proportion. Tous les Colleges ne font pas d'une même
» utilité ; les Places font plus ou moins fortes, en raifon de cette différence. Mais le
» paffage d'un College à un autre devient une perfpective ; lorfqu'il y aura un concert
» & une relation de l'un à l'autre, par-là l'émulation fera toujours entretenue, les ta-
» lens plus actifs, & le mérite plus fûr de la récompenfe.

» Troisieme avantage. Uniformité de difcipline & de conduite dans l'inftruc-
» tion ; le College Principal & les Colleges affiliés fuivront le même ordre & la même
» méthode ; nous devons efpérer que l'on redreffera bien des imperfections & des
» abus, plufieurs Plans feront préfentés, on choifira & on fera fidele au plan géné-
» ral qu'on aura choifi. Il eft très-utile à l'Etat que l'Education fuive une marche uni-
» forme ; elle ne peut être véritablement nationale que par ce moyen. On y pourra

détails qu'il fait des avantages de l'affiliation qu'il propose, & que le Parlement de Dauphiné a enfuite adopté.

Après avoir détaillé très au long les avantages de cet établiffement, je ne dois pas paffer fous filence la feule objection raifonnable qu'il me paroît que l'on puiffe faire ; favoir, celle des frais & des dépenfes : mais combien de fonds actuellement employés fans profit à l'éducation publique, & qui pourroient fervir à doter cette Maifon d'Inftitution ? De plus, comme le remarque M. Rivard, dans un Ouvrage qu'il a donné en 1765, où il adopte le plan de la Maifon d'Inftitution, » il s'agit de favoir » fi l'établiffement propofé eft néceffaire pour la bonne éducation : car » s'il l'eft effectivement, on ne doit rien épargner pour en procurer » l'exécution (46) ». Enfin les Colléges, comme les Univerfités (47), font fufceptibles d'union de Bénéfices ; que ne nous permet pas, d'ailleurs, d'efperer la fageffe & la bienfaifance de notre Souverain ? Déjà les Profeffeurs de la Capitale, font affujettis à des épreuves qui répondent de leur capacité ; déjà l'Univerfité eft propriétaire d'un chef-lieu, qui fert en même-temps de retraite à des Profeffeurs Emérites ; déjà le Roi a affigné des fonds pour élever dans ce chef-lieu les bâtimens néceffaires pour en faire un monument digne & du Souverain qui l'a accordé, & du Corps Académique qui doit l'occuper ; déjà les Bourfiers épars & négligés font réunis dans un feul Collége, pour y former des Maîtres & des Régens. Il ne refte plus qu'un pas à faire pour procurer » à l'Etat » cette pépiniere abondante de Maîtres dont il a befoin, qui répan- » dront par-tout l'émulation (48) » & dont, fi je peux m'exprimer ainfi, la création étoit l'objet que le Souverain fe propofoit en 1763, par la réunion des Bourfiers des petits Colléges dans celui de Louis-le-Grand. Pour faciliter cette création, l'on pourroit conferver leurs Bourfes encore pendant quelques années (49) à ceux qui fe deftineront à l'Aggrégation, & profiter de ce temps pour leur donner, ainfi qu'à tous ceux qui voudront fe confacrer aux pénibles travaux de l'enfeignement, une feconde éducation, qui en les inftruifant, eux-mêmes leur apprenne à inftruire les autres.

Quelque longue que foit la difcuffion où je me fuis livré pour établir les avantages d'une Maifon d'Inftitution pour les Maîtres ; je ne peux

---

» mettre les nuances relatives aux talens de quelques Etudians, ou à la fupériorité des » Maîtres ; mais ce n'eft alors qu'un pas de plus vers la perfection, qui foutient l'éco- » nomie d'un plan général, au lieu de le déranger : par cette uniformité, la correfpon- » dance d'un College au Chef-Lieu fera plus aifée & plus avantageufe ; lorfqu'on eft » obligé de rendre un compte réglé de fes travaux, l'application eft plus foutenue ».

(46) *Réflexions fur les Prix des Univerfités, & fur quelques autres objets très-intéreffans pour l'Education, page 58.*

(47) L'Univerfité de Befançon notamment eft en partie dotée par l'union de plufieurs Bénéfices.

(48) Expreffion du préambule des Lettres Patentes du 21 Novembre 1763.

(49) Déja même par le Réglement donné par Sa Majefté pour le College de Louis-le-Grand, le 20 Août 1767, les Bourfiers qui y font réunis jouiffent (s'ils fe deftinent à être Aggrégés) de leurs Bourfes, pendant un an après le temps de leurs Etudes.

m'empêcher d'inférer dans le préfent Compté, la comparaifon que fait le Parlement de Grenoble de la diftribution de la Juftice, avec la diftribution qu'il propofe pour l'éducation : quoiqu'elle ne foit pas dans tous fes détails applicable au Plan que je propofe ; elle en renferme cependant les points principaux, & c'eft ce qui m'a déterminé à la mettre fous les yeux de Meffieurs.

» La diftribution de la Juftice ; cette partie fi effentielle de l'ordre public
» eft admirable. Le Roi, Légiflateur & fource de toute autorité ; les Parle-
» mens, Miniftres effentiels des Loix ; les Tribunaux inférieurs, les Juges
» fubalternes forment par une organifation bien entendue l'ordre civil en
» cette partie ; ainfi c'eft par une fageffe heureufe & profonde, que
» de la hauteur du Trône du Monarque la Juftice defcend par dégrés
» qui fe touchent jufqu'au dernier de fes Sujets : reçue de fes mains,
» par des Magiftrats qui la tranfmettent à d'autres, cette longue fuite
» de pouvoir & de mouvemens communiqués, en formant plufieurs
» enceintes dans le Royaume, embraffe toute fa furface, & revient à
» fa fource ; ce modèle parfait qui ne fouffre jamais d'altération, que
» lorfque l'on attaque la fimplicité de fon économie, ne pourroit-il pas
» être imité pour l'éducation publique «.

» Le Roi, Fondateur ou Protecteur de tous les établiffemens deftinés
» à cet objet, qui tiennent de lui l'exiftence légale & leurs Loix ; fes
» Cours fous fon autorité, maintenans leur exécution & la difcipline ;
» un Corps de Citoyens attachés à des fonctions honorables, s'occupant
» par état des Sciences, des Lettres & des moyens d'en inftruire les
» enfans ; dans le corps même, une fage diftribution faite entre plufieurs
» Facultés des différens genres de connoiffances, depuis les élémens,
» jufqu'à celles propres à chaque état : un Collége principal plus confi-
» dérable, à raifon de l'importance de l'éducation des Eleves ; des Collé-
» ges affociés qui y correfpondent, & par lui à l'Univerfité, fe foute-
» nant par l'émulation, & fe réuniffant par un plan uniforme d'Infti-
» tution Françoife ; des Réglemens, des Statuts qui ne dépendant que
» de l'Etat, n'ont d'exiftence que par lui ; des Maîtres qui fuivent la
» même marche, & par-tout une communication de lumiere : le Parle-
» ment veillant par fes inférieurs dans les autres Villes, & par lui-
» même fur le Collége principal & fur l'Univerfité, pour maintenir la
» difcipline, encourager les talens, redreffer les abus foumis à fon pou-
» voir, déférant au Roi ceux qui exigent qu'il interpofe fon autorité,
» & pouvant lui rendre compte à chaque inftant de l'Etat de l'enfeigne-
» ment dans les Provinces. Ce Tableau ne feroit-il qu'une belle idée,
» fes avantages font-ils équivoques ? Une Univerfité bien difpofée nous
» les affurera (50) «.

Meffieurs fentent aifément la différence du Plan du Parlement de Grenoble & du mien ; celui du Parlement de Grenoble, eft renfermé dans

____

(50) Mémoire du P. de Grenoble du 20 Mars 1765, p. 56 & 57.

le

le Dauphiné, dans mon projet j'embraffe toute la France. Comme il ne demande qu'une Univerfité dans fon reffort, & qu'il n'y a qu'un Collége à Grenoble, les établiffemens qu'il propofe font uniques ; à Paris il y a dix Colléges de plein exercice ; dans le Reffort il exifte fix Univerfités : il faudra donc étendre le plan du Parlement de Grenoble. Cette Compagnie s'en rapporte totalement à l'Univerfité, pour former les Maîtres ; avec la même confiance, j'ai plus développé mes idées, mais tout mon plan eft en abrégé dans celui que contient le morceau que je viens d'extraire. Je fouhaite que la Cour trouve que mes réflexions n'ayent point dénaturé le plan du Parlement de Grenoble, & le tableau, auffi noble que fublime, qu'il en a préfenté.

Si cet établiffement avoit fon exécution, il feroit inutile d'examiner avec l'Univerfité, fi les Profeffeurs doivent être inamovibles. L'Univerfité réclame cette inamovibilité en faveur des Lettres ; il n'eft pas douteux qu'un état précaire & incertain flétrit l'ame, qu'il éloigne des Sujets diftingués, & peut priver les Maîtres de l'autorité & de la confidération qui leur font néceffaires. Il faut avouer auffi que l'inamovibilité a fes dangers ; elle affure l'impunité, finon aux fautes graves, au moins à l'indolence & à la pareffe ; elle donne à un caractère bizarre & difficile, un titre pour manquer à fes devoirs ; elle ôte tous moyens de réparer un mauvais choix, & elle rend quelquefois tout un Collége, toute une Ville, victime de l'infuffifance d'un feul Profeffeur. L'Univerfité a cru indiquer un jufte milieu, en foumettant la conduite des Profeffeurs aux Magiftrats, aux Chefs des Univerfités, aux Bureaux d'Adminiftrations ; mais elle veut qu'il n'y ait point de dépofition fans jugement ; combien de fautes qui ne font pas fufceptibles de jugement, & qui cependant peuvent mériter la dépofition ? L'Edit concernant les Colléges, femble avoir pris un tempérament plus fage : d'après cet Edit, auquel l'Arrêt de la Cour du 29 Janvier 1765 a ajouté de nouvelles formalités, il faut qu'il foit d'abord délibéré à la pluralité des deux tiers des voix, fi les faits que l'on reproche à un Profeffeur font de nature à exiger une deftitution ; qu'enfuite il foit convoqué une affemblée *ad hoc* ; que le Profeffeur foit averti de s'y trouver, qu'il y foit entendu ; qu'on lui donne les motifs de fa dépofition, ainfi qu'un délai pour y répondre ; qu'enfin la dépofition ne foit prononcée qu'aux deux tiers des voix. Mais il faut en convenir, fi toutes ces précautions donnent à un bon Sujet la fûreté dont il a befoin ; elles ne délivrent pas un Collége d'un Sujet médiocre, fufpect ou prêt à fe déranger ; elles ne fourniffent point non plus à ce fujet le moyen de réparer une faute paffagere, & de redevenir enfuite utile à l'éducation à laquelle il s'eft confacré : je vais plus loin, par les raifons que j'ai détaillées ci-deffus, il eft impoffible de parer à ces inconvéniens, fans introduire l'arbitraire dans les deftitutions que feroient les Bureaux ; danger qui feroit bien fupérieur à celui que l'on voudroit profcrire.

Que l'on établiffe au contraire une Maifon d'Inftitution, tous les inconvéniens font prévus, les changemens ne font point une flétriffure ; les délits & les fautes légères ne font point confondus ; aux premiers fera refervé le jugement qui deshonore & prive du droit d'Aggrégé ; à l'égard des autres, le rappel à la Maifon d'Inftitution, fouvent la translation dans un autre Collége, fuffira pour y pourvoir ; nul Sujet ne fera perdu fans l'avoir mérité ; nul Collége ne confervera le Sujet qui ne lui convient pas. L'état des Maîtres ne fera plus incertain ; celui de l'éducation ne fouffrira plus de la négligence des Maîtres ; & ainfi, fans éprouver aucuns des inconvéniens attachés aux Corps Réguliers & aux Communautés, on jouira de tous les avantages qu'ils peuvent procurer ; & fi l'expérience, comme je n'en peux douter, prouve l'utilité de cet établiffement, il fera jufte de l'étendre à l'éducation des perfonnes du fexe, & de remplir les vœux du Citoyen qui a fait des obfervations fur le plan de l'Abbé Péliffier, & qui defireroit » qu'il y eût un établiffement ou » une Ecole, où fe formeroient les Maîtreffes pour l'éducation, foit » publique, foit particuliere, & que l'on pût dans la fuite donner chez » foi une Maîtreffe aux Filles, comme on donne un Précepteur aux » Garçons (51) ».

Pour finir ce qui concerne les Maîtres, je dois rendre compte à Meffieurs, que l'Univerfité voudroit que leur Miffion fût légale, c'eft-àdire, donnée ou confirmee par les Miniftres des Loix ; & ce defir ne peut être regardé que comme l'expreffion fidèle de l'amour de l'ordre & de la Patrie. Mais plus l'Univerfité témoigne d'attachement à nos Loix & à nos maximes, moins je crois néceffaires les précautions qu'elle propofe ; la Cour peut & doit, ce me femble, s'en rapporter à elle fur cet objet. De plus, les fermens ont leur danger, & ne doivent pas être multipliés ; la miffion que les Maîtres recevroient de la Cour, n'y deviendroit bien-tôt qu'une formalité ; les foins importans qui occupent le Parlement, ne lui permettent pas d'entrer dans les détails particuliers avec la vigilance qu'ils exigent ; l'infpection générale fur les Univerfités, des rapports habituels avec leur état, & fur-tout de fages Réglemens fuffiront à la Cour pour lui répondre du choix des Maîtres, & elle fera par cette conduite bien plus certaine de leur fentiment & de leur capacité, que fi elle les affujettiffoit à une cérémonie trop refpectable, pour n'être pas confiderée comme impofant des obligations, & trop multipliée pour ne pas devenir une vaine formalité. Je ne peux à ce fujet m'empêcher d'obferver, qu'il feroit à defirer, même pour le bien & l'honneur de la Religion, que l'on fupprimât beaucoup des fermens qu'il faut prêter, non-feulement pour acquérir des grades dans les Univerfités, mais encore pour obtenir des dégrés, des emplois, des dignités, foit dans l'Eglife, foit dans la Magiftrature, foit dans le Militaire.

---

(51) Deuxieme Lettre à l'Auteur des Mémoires, fur la néceffité de fonder une Ecole pour former des Maîtres, &c. 9 Mars 1763, page 48.

L'Univerſité, après avoir ainſi parcouru tout ce qui a rapport aux P R E M I E R E
Maîtres, paſſe au gouvernement des Colléges, qu'elle diviſe en deux P A R T I E.
parties, le temporel & la diſcipline.

Education.

Comme la plûpart des remarques qu'elle fait ſur l'adminiſtration du temporel ont été adoptées par l'Edit de Février 1763, portant Réglement pour les Colléges, je ne m'arrêterai que ſur trois obſervations, dont la premiere me paroîtroit ſujette à quelques difficultés, mais dont les deux autres ſont intéreſſantes pour le bien public.

L'Univerſité voudroit que ſon conſentement fût déclaré néceſſaire pour la vente & aliénation des biens & revenus attachés aux Colléges correſpondans, & que dans toute cauſe où ces Colléges ſeroient attaqués dans leur poſſeſſion, il fût libre à l'Univerſité correſpondante de les défendre & de ſe déclarer partie intervenante.

De ſemblables interventions ne peuvent qu'allonger les procès, augmenter les frais, & multiplier les formalités ; c'eſt à l'Univerſité à donner les Maîtres, c'eſt aux Villes à fournir les fonds, c'eſt parconſéquent aux Bureaux qui les repréſentent à veiller à l'adminiſtration ; ils ne peuvent rien décider d'important, ils ne peuvent même ordonner des dépenſes extraordinaires & conſidérables, qu'aux termes de l'Edit de Février 1763, & de l'Arrêt de Réglement du 29 Janvier 1765 (article 10), la Cour n'ait homologué leurs Délibérations, qui ſont même, pour les objets importans, aſtreintes à la pluralité des deux tiers des voix. Le conſentement des Univerſités devient donc totalement inutile. Ne pouroit-on pas même dire, que la néceſſité de leur intervention ſeroit une ſorte de ſupériorité, qu'elles obtiendroient ſur les Bureaux, & qui ſeroit plus capable de nuire au bien des Etudes, que de lui être avantageuſe ? Moins les Univerſités ſe mêleront du temporel, plus elles ſeront utiles & reſpectées ; c'eſt d'ailleurs la ſeule façon d'éviter la chûte des Colléges, ſi jamais, par malheur, il arrivoit un tems où l'intérêt des Maîtres ne ſeroit plus celui de l'éducation.

L'Univerſité demande en ſecond lieu, qu'on forme dans chaque Collége correſpondant, une Bibliothéque commune ; cette demande eſt preſque une néceſſité dans les Villes de Provinces, où l'Homme de Lettres à ſi peu de reſſources pour ſe procurer des livres.

Enfin, l'Univerſité voudroit qu'on aſſignât dans tous les Colléges correſpondans une modique penſion, à titre d'Emérite, aux Principaux & aux Profeſſeurs qui auront exercé leur emploi pendant vingt ans ; la juſtice & l'humanité concourent à réclamer cette foible récompenſe pour des hommes qui ont conſacré leurs forces & leurs talens à former de bons Citoyens, & à qui l'âge ou les infirmités ne permettent plus de ſe livrer à des fonctions plus pénibles encore qu'honorables. Le Roi auquel rien n'échappe de ce qui peut contribuer au bonheur de ſes Sujets, en a fait un article précis dans toutes les Lettres patentes qu'il a accordées depuis cinq ans, pour confirmer les Colléges que deſſervoient les Jéſuites.

F ij

A l'égard de la difcipline, l'Univerfité propofe aux Colléges corref-
pondans, celle qui s'obferve dans fes Colléges, & qui eft fondée fur des
Réglemens, revêtus du fceau de l'autorité Royale, confignés dans les
Regiftres de la Cour, & dont la fageffe eft conftatée par les avantages
que l'Univerfité en a retirés, foit pour le maintien de l'ordre dans fes
Ecoles, foit pour le fuccès de fes Etudes.

A Dieu ne plaife, que je cherche à déprimer les Statuts & les Réglemens
dont l'Univerfité fait ufage ; mais plufieurs ont été faits dans des fiecles où
la raifon humaine étoit bien peu avancée, & l'expérience a pu découvrir l'infuffifance ou même le danger de quelques autres. Qui ne fait
d'ailleurs que les efprits changeant d'âge en âge dans une nation, un
Réglement bon pour un tems, peut n'être dans un autre qu'une gêne
inutile ?

Il ne feroit donc peut-être pas hors de propos d'ordonner une revifion
des Statuts de l'Univerfité, de rapprocher chaque Réglement des circonftances préfentes ; de comparer l'effet qu'on en attend, avec celui qui
en réfulte ; de voir enfin s'il ne feroit pas poffible de mieux faire pour
maintenir l'ordre & la vigilance dans les Maifons d'Etudes. Il me paroît
même que c'eft le vœu de l'Univerfité, puifqu'elle dit pofitivement dans
fon Mémoire, » que lorfque la nouvelle rédaction des Statuts aura été
» homologuée en la Cour, l'Univerfité en enverra deux exemplaires à
» chaque Collége correfpondant ». Bien plus, dans le Mémoire contenant le plan d'Etude pour les Humanités & la Rhétorique, elle obferve que
les Statuts de la réformation (faite fous Henri IV & par fon autorité)
» ont fubfifté long-tems dans toute leur force, & font encore, pour le
» fond de la difcipline & des Etudes, la Régle & le Code de l'Univerfité ;
» que cependant les tems ont changé, que d'anciens ufages ont difparu,
» que d'autres fe font établis, & que de-là naît une différence néceffaire
» entre les Statuts de Henri IV, & la méthode actuelle d'enfeigner ».

Je referverai à parler du plan d'Etudes, que l'Univerfité defire être
fuivi dans les Colléges correfpondans, lorfque je rendrai compte à la
Cour de fes deux autres Mémoires ; j'obferverai feulement d'avance, qu'il
ne me paroît pas certain que le plan actuel, qui eft en ufage dans l'Univerfité, ne foit pas fufceptible de perfection, & qu'il feroit peut-être à defirer
que le Gouvernement chargeât un certain nombre de Gens de Lettres,
de l'examiner, & de lui propofer leurs vues à ce fujet ; l'on pourroit
encore, fuivant que le defire M. de la Chalotais (52), engager » les
» Académies à propofer de pareils Plans, pour fujet des Prix (qu'elles
» diftribuent) cela produiroit en peu de tems des Mémoires excellens,
» que l'on chargeroit des Gens de Lettres de rédiger ; » tant il eft vrai,

---

(52) Effais d'Education Nationale, &c. par M. de la Chalotais, préfenté au Parlement de Bretagne, le 24 Mars 1763, page 152.

Comme le remarque ce Magiſtrat (53) » que le Gouvernement pourra tout
» quand il voudra employer le génie & l'induſtrie de la nation. » J'obſerverai d'après l'Univerſité, qu'il eſt à ſouhaiter que tous les Colléges correſpondans ſoient aſſujettis au plan d'Etude, ſuivi dans ſes Ecoles. Toutes
les Lettres patentes, confirmatives des Colléges ci-devant confiés aux
Jéſuites, ordonnent qu'ils ſe conformeront aux méthodes & uſages de
l'Univerſité, dans le territoire de laquelle ils ſont placés, & ce qui eſt bien
glorieux pour l'Univerſité de Paris; le Roi convaincu de la ſupériorité dont
elle doit jouir, & de la perfection de ſa Méthode, lui a fait l'honneur d'ordonner, que *l'enſeignement du Collége de Châlon-ſur-Saône* (ſis hors du reſſort
du Parlement de Paris), *y ſeroit conforme aux uſages & méthode de l'Univerſité
de Paris* (54) ; mais cette uniformité doit être plutôt dans les principes que
dans les détails. Il eſt en effet une uniformité ſtérile, qui mettroit des
entraves au génie. Quoique la marche puiſſe être différente, le but doit être
le même ; c'eſt ainſi que la nature ſe conduit dans ſes opérations, où l'œil
étonné découvre tant d'unité dans les vues, tant de ſimplicité dans les
moyens, & tant de variétés dans les réſultats.

L'Univerſité, après avoir parcouru différens objets ſur leſquels doit
s'étendre la correſpondance projettée, finit par obſerver qu'elle ne peut
avoir lieu ſans un Bureau de correſpondance, établi à cet effet dans le
chef-lieu de l'Univerſité; mais qu'il doit y avoir des revenus attachés à
ce Bureau, pour fournir à tous les frais que la Correſpondance entraînera
néceſſairement après elle ; ces frais doivent faire partie de ceux dont j'ai
déja parlé, pour la Maiſon d'Inſtitution, puiſque les chefs de cette Maiſon
ſeront néceſſairement les Membres du Bureau de Correſpondance.

Mais quels ſeront donc les chefs de la Maiſon d'Inſtitution ? Ce choix eſt
trèsimportant & très-délicat ; j'aurois deſiré que l'Univerſité eût propoſé
à la Cour quelques Réglemens à ce ſujet; je n'aurois eu probablement qu'à
adopter ſes idées ; mais par une confiance que je ne peux qu'applaudir en
même-tems que je deſirerois qu'elle eût été moins entiere ; l'Univerſité
en propoſant de former un Bureau de Correſpondance, déclare dans ſon
Mémoire, qu'elle s'en rapporte totalement à la Cour, d'établir & compoſer
ce Bureau, & d'en fixer les droits & réglemens. Je ſuis donc forcé d'expoſer
à Meſſieurs mes idées, ſoit ſur les perſonnes que je penſerois devoir être en
même tems & les chefs de la Maiſon d'Inſtitution, & les Membres du Bureau de Correſpondance ſoit, ſur l'autorité qui devra leur être confiée ;
je réduirai à trois réflexions tout ce que j'ai déjà dit à ce ſujet.

1°. Je penſerois que ceux qui en ſeront chargés, doivent toujours l'être,
& ne point changer tous les ans, comme il arrive dans l'Univerſité aux
Procureurs des Nations; ce qui m'engageroit à ne confier ce ſoin ni

---

(53) Idem.
(54) Lettres Patentes du 7 Août 1764, vérifiées au Parlement de Dijon, le 17 du
même mois, article 2.

au Tribunal de l'Univerſité, ni à celui de la Faculté des Arts, du moins tant qu'ils conſerveront la forme actuelle.

2°. Par les motifs que j'ai déja expliqués, je croirois que chaque Faculté, du moins à Paris, doit préſider aux Etudes de ſon genre, & qu'en conſéquence il doit y avoir à Paris autant de Maiſons d'Inſtitution, & des Bureaux de Correſpondance, qu'il y a de Facultés dans l'Univerſité.

30. Pour ce qui concerne les Belles-Lettres, c'eſt-à-dire les connoiſſances propres à la Faculté des Arts, je ferois d'avis de former un Bureau compoſé d'une partie des Emérites retirés, qui doivent loger dans le chef-lieu de l'Univerſité, en leur joignant le Recteur & le Syndic de l'Univerſité, & en ayant ſoin de fixer leur pouvoir, de façon que d'une part ces Emérites ne puiſſent propoſer aucun changement aux Statuts reçus & homologués, que du conſentement de l'Univerſité, ni porter aucune atteinte aux droits & Juriſdiction des Tribunaux de l'Univerſité & de la Faculté des Arts; & que de l'autre ils euſſent cependant une autorité qui les mît en état de faire le bien.

J'ajouterai que pour aſſurer davantage la Correſpondance, il feroit néceſſaire que la Faculté des Arts envoyât, comme elle le demande, des Commiſſaires pour viſiter les Colléges correſpondans; elle deſire que ces viſites ſe faſſent ſeulement tous les deux ou trois ans; je ferois d'avis, au contraire, ainſi que le propoſent les Univerſités de Bourges & d'Orléans, que ces viſites ſe fiſſent tous les ans, & je ſuis confirmé dans mon opinion, par les diſpoſitions des Lettres patentes du 7 Avril 1767, regiſtrées en la Cour le 5 Mai ſuivant, qui, en affiliant le Collége de la Flèche à la Faculté des Arts de l'Univerſité de Paris, ordonnent (art. 7) qu'il s'y tranſportera tous les ans un Commiſſaire Académique (1) pour ce nommé par le Tribunal de la Faculté des Arts. J'obſerverai qu'il eſt indiſpenſable que ces Commiſſaires ſoient autoriſés (ainſi que le ſont ceux pour le College de la Flèche) à corriger proviſoirement les abus qui ſe feroient gliſſés dans les Colleges correſpondans. Au ſurplus les dépenſes néceſſaires pour ces viſites feront partie de celles qu'exige tout l'établiſſement; car il ſera difficile d'en charger (comme il a été fait pour le Collége de la Flèche) les Colléges correſpondans, dont pluſieurs ne pourroient pas ſuffire à ces dépenſes, qui cependant ne doivent pas être conſidérables, ce qu'il me paroît néceſſaire d'obſerver, quoique dans un objet de cette importance ce ne ſoit pas la dépenſe qui doive effrayer.

---

(55) Comme le College de la Flèche eſt ſpécialement ſous l'inſpection du Secrétaire d'Etat de la Guerre, le Tribunal de la Faculté des Arts eſt tenu de lui envoyer une Copie en forme du Procès-verbal, & d'y joindre ſes obſervations, au lieu que pour les autres Colleges correſpondans, ces Procès-verbaux & Avis devroient, ce me ſemble, être envoyés au Procureur Général du Roi, & dépoſés au Greffe de la Cour. Je penſerois même qu'à l'égard des Colleges correſpondans, le Commiſſaire Académique devroit référer de ſon Procès-verbal au Bureau de correſpondance, lequel ſtatueroit ſur tous les objets d'adminiſtration ordinaire, & ne référeroit au Parlement que des ſeuls objets majeurs; & même en le faiſant, joindroit ſon avis au référé qu'il prononceroit.

Pour terminer cette premiere partie , il ne me reste qu'à traiter l'ar- PREMIERE
ticle de la communication des priviléges de l'Université aux Colléges PARTIE.
Correspondans ; l'Université a commencé son Mémoire par cette Dis- *Education.*
sertation, & moi j'ai cru devoir, au contraire , finir par cet objet la
premiere Partie du Compte que j'ai l'honneur de rendre à la Cour.
En effet, quoique cette communication soit la base de tout mon système,
il étoit cependant indispensable de le développer avant que d'exposer
à la Cour mes idées sur une question aussi importante que délicate,
& où j'aurai à combattre , non pas (ainsi que j'espere le prouver)
le vœu réel & actuel de l'Université, mais seulement celui qui paroît
consigné dans son Mémoire du 9 Janvier 1763.

L'Université observe d'abord dans ce Mémoire, qu'elle jouit de deux
sortes de Priviléges, des Priviléges Royaux & des Priviléges Apostoliques ; les Priviléges Royaux consistent en certains droits & exemptions accordés par nos Rois, aux Maîtres & aux Ecoliers de l'Université;
j'en joins ici (56) en note le détail tiré du Mémoire de cette Compagnie. Les Priviléges Apostoliques ainsi nommés , parce qu'ils ont leur
origine dans les concessions faites aux Universités , par les Conciles
Généraux & les Papes , sont ,

1°. Le droit de conférer les dégrés avec les prérogatives que les Loix
attachent à ces mêmes dégrés , 2°. l'expectative des Gradués sur les Bénéfices
qui vacquent par mort pendant les mois qui leur sont affectés , 3°. le droit
de Septennaire, qui consiste à donner une préférence sur les autres Gradués,
aux Membres de l'Université qui y ont professés pendant sept ans.

Non-seulement l'Université consent, mais même elle desire que les
Colléges correspondans participent aux Priviléges Royaux dont elle
jouit. C'est l'honneur des Lettres , le bien des Etudes , & l'état de tran-
quillité qu'elles exigent, qui ont porté nos Rois à leur accorder ces gra-
ces. L'Université croit que les mêmes motifs parlent en faveur des Colléges correspondans. Le Roi a bien voulu déja faire participer les Colléges
confirmés depuis l'Edit de Février 1763 , ainsi que les Professeurs de ces

---

(56) « Les Privileges Royaux sont ceux que l'Université tient de la seule autorité du
» Roi. C'est d'abord le droit de *Scholarité* , ou de Garde - Gardienne, par lequel les
» Maîtres & Ecoliers peuvent évoquer, tant en demandant qu'en défendant , toutes
» Causes réelles, personnelles ou mixtes, pardevant le Juge Conservateur des Privi-
» leges de l'Université , qui est , à Paris, le Prevôt de Paris, ou son Lieutenant Civil
» au Châtelet ; c'est ensuite différentes exemptions personnelles accordées principale-
» ment aux Maîtres , exemption de Tutelle , de Curatelle , de Taille , de Collecte , de
» Logement de gens de Guerre , du Guet , de la Garde des Portes , de Corvées , en
» un mot , de toutes charges Municipales. C'est encore pour les Maîtres, le Droit qu'on
» appelle le droit d'*Emérite* , par lequel, après vingt années d'exercices , ils jouissent
» des mêmes droits , privileges & prérogatives dont ils jouissoient pendant le cours de
» leur Régence. C'est enfin l'exemption Militaire , qui comprend celle de tirer à la Mi-
» lice, & celle de pouvoir être engagé dans aucun Régiment , soit de force, soit par
» surprise , soit même volontairement, avec le droit aux Parens & aux Maîtres de
» reclamer les Ecoliers qui sont engagés ».

Colléges, à une partie des Priviléges que l'Univerſité tient des bienfaits de
ſes prédéceſſeurs. Les Lettres Patentes, confirmatives de pluſieurs de ces
Colléges, attribuent territoire aux Juges Royaux de leur ſituation, pour
tout ce qui concerne les biens du Collége & les perſonnes qui y en-
ſeignent : il eſt vrai que cette diſpoſition n'eſt pas générale ; mais les
Colléges auxquels ce Privilége n'a pas été accordé, ſe trouveront
probablement dans ceux de la ſeconde Claſſe, dont nous avons parlé
ci-deſſus. De plus, par les Lettres Patentes du 30 Mars 1764, vérifiées
en la Cour le 11 Avril ſuivant, & dont je joins les diſpoſitions ici en
note, (57) Sa Majeſté à accordé à tous les Profeſſeurs & Régens, une
très-grande partie des Priviléges que l'Univerſité appelle Priviléges
Royaux, & il y a lieu d'eſpérer, ſur-tout ſi la Cour ſe porte à le demander, qu'à tous les bienfaits que le Roi a répandu ſur les perſonnes
attachées à l'éducation, il voudra bien ajouter la conceſſion des Priviléges qui ne ſont pas compris dans les diſpoſitions des Lettres Patentes du 30 Mars 1764.

Il n'en eſt pas de même des Priviléges Apoſtoliques, l'Univerſité ne
croit pas qu'on puiſſe les communiquer aux Colléges Correſpondans,
ſans » obtenir le conſentement des deux Puiſſances, n'étant point (dit-
» elle) en ſon pouvoir d'y conſentir ». (2) Elle prétend même que

---

(57) Ces diſpoſitions ſont renfermées dans les Articles 7, 8 & 9 de ces Lettres
Patentes. Ces Articles ſont ainſi conçus :

Art. VII.

» Les Principaux, Sous-Principaux, ou Préfets des Etudes, Profeſſeurs & Régens
» des Colleges par Nous conſervés en conſéquence de notre Edit de Février 1763,
» ou qui le pourroient être par la ſuite, ſeront & demeureront, tant qu'ils rempliront
» leurs Places, exempts de Guet & Garde, de Corvées, de Collecte, & de toutes
» Charges Municipales, & ne pourront même être nommés ni Tuteurs, ni Curateurs ;
» & à l'égard des Emérites, ils ſeront ſeulement exempts de Guet & de Garde, de
» Corvées, de Collecte & Charges Municipales.

Art. VIII.

» Et pour prévenir tout abus dans le cas de l'Article précédent, voulons que leſdits
» Principaux, Sous-Principaux & Préfets d'Etudes, Profeſſeurs, Régens & Emérites,
» ſoient tenus de ſe faire inſcrire chaque année à la rentrée des Claſſes ſur un Regiſ-
» tre en papier ordinaire, non timbré, & qui ſera tenu par le Principal du College, &
» cotté & paraphé par le Juge ordinaire du Lieu, ſans quoi ils ne pourront jouir d'au-
» cuns des privileges & exemptions portés par ledit Article ; Voulons que les Ecoliers
» Penſionnaires ou Externes, qui feront leurs Etudes dans leſdits Colleges, ſoient pa-
» reillement inſcrits ſur ledit Regiſtre.

Art. IX.

» Leſdits Colleges & tous leurs acceints ſeront & demeureront exempts de tous
» Logemens de gens de Guerre, & de contribution pour iceux, faiſant défenſes à tous
» Officiers Militaires, ou Municipaux, d'y marquer aucuns Logemens, & de délivrer
» aucuns Billets, Aides, Taxes, ou Contributions ; à cet effet enjoignons à nos Gou-
» verneurs ou Commandans en nos Provinces, Villes & Châteaux, d'y tenir la main ».

(2) En 1766 & 1767, l'Univerſité changea de ſyſtême, tant ſur ce principe que ſur
le ſuivant ; car ſans le concours de l'autorité Eccléſiaſtique, elle a conſenti à la communication des Privileges Apoſtoliques en faveur du College de la Fleche. Voyez ci-après.

ce

ce feroit aller contre la volonté expreffe des deux Puiffances, qui ne les ont accordé aux Univerfités que pour les caractérifer & les diftinguer effentiellement de toute autre Ecole; elle obferve enfin, que le Privilége de *Septennium* n'eft accordé qu'aux deux Univerfités (celles de Rheims & de Caen) qui lui font affiliées.

Une feconde raifon que l'Univerfité allégue contre cette communication, c'eft que fi elle avoit lieu, les Ecoles des Univerfités cefferoient bien-tôt d'être fréquentées, attendu qu'il feroit plus commode & moins coûteux pour les parens, de faire élever leurs enfans dans les Colléges correfpondans; or, felon l'Univerfité, & je penfe en cela comme elle, fes Ecoles ne peuvent ceffer d'être fréqùentées, que les Etudes ne s'y affoibliffent, & que la lumiere des Sciences ne s'éteigne peu-à-peu dans les foyers deftinés à la perpétuer & la répandre dans les autres Ecoles du Royaume.

À ces deux raifons, l'Univerfité en a ajouté une troifiéme, qui eft que la communication des Priviléges Apoftoliques faite aux Colléges correfpondans, multiplieroit à l'infini le nombre des Gradués, & que cette multiplication exceffive augmentant la gêne que leur expectative impofe aux Collateurs des Bénéfices, augmenteroit en même-tems leurs plaintes, & leur donneroit, tôt ou tard, affez de force pour en obtenir l'anéantiffement.

L'Univerfité ne peut, à cette occafion, s'empêcher de fe plaindre amérement (& non, je crois, fans raifon) de deux fortes d'atteintes portées dans ces derniers tems, l'une à l'expectative des Gradués, par les Déclarations de 1743 & de 1745, l'autre au droit de conférer les dégrés par l'aggrégation des Séminaires de S. Firmin de Lyon, du Puy & de Viviers, à l'Univerfité de Valence (58).

L'Univerfité, bien loin de confentir à ce que ces Priviléges Apoftoliques foient communiqués aux Colléges correfpondans (59) ne veut pas même qu'on leur accorde *le demi-droit*, c'eft-à-dire, que les deux années du cours de Philofophie, fait dans leurs Ecoles, foient comptées

---

(58) L'Univerfité avoit aufli, en 1748, reclamé contre ces affiliations ; elle auroit pû y ajouter le Séminaire du Bourg *Saint-Andiol*, qui eft aufli affilié à l'Univerfité de Valence ; ces différentes affiliations ont été autorifées par Lettres Patentes de Décembre 1737, & Août 1738, qui n'ont pas été vérifiées en la Cour, mais feulement au Parlement de Grenoble les 14 Janvier & 22 Août 1738, & enregiftrées en l'Univerfité de Valence les 17 Juillet & 29 Octobre audit an.

Nota. Tous les Séminaires affiliés à l'Univerfité de Valence font gouvernés par les Prêtres dépendans de la Communauté de Saint Sulpice de Paris.

(59) L'Univerfité de Bourges, qui penfe comme celle de Paris, fur la communication des Privileges Royaux, s'éloigne de fa façon de penfer, relativement aux grands Colleges correfpondans ; comme elle demande (ainfi que je l'ai obfervé ci-deffus, note 10) pour former fon Territoire, une grande partie du Reffort de la Cour, elle confent que le temps d'Etudes des deux ou trois plus grands Colleges, foit compté pour obtenir des Grades, qu'elle fe réferve cependant le droit de conférer après avoir fait fubir aux Candidats les épreuves établies par les Loix.

G

pour une année dans l'Univerſité, vu qu'il eſt aiſé de paſſer du demi-droit au droit entier, & qu'à la premiere occaſion l'on fera diſparoître ce qui reſteroit , à cet égard, de différence entre les Univerſités & les Colléges correſpondans. C'eſt même ce motif qui lui a fait rejetter le Concordat fait en 1762, par ſes députés avec la Ville d'Amiens; elle ſe référa alors au Mémoire qu'elle avoit donné au Roi en 1748, contre l'affiliation que l'Evêque de Périgueux vouloit faire de ſes Séminaires à l'Univerſité de Bordeaux; affiliation contre laquelle elle réclamoit avec d'autant plus de force, qu'elle prétendoit, que » les Bulles » d'Erection des Univerſités, leur Conſtitution, leurs Loix, leur Gou- » vernement, leurs Priviléges même, tout s'oppoſoit manifeſtement à » l'aggrégation des Séminaires. » (60)

Dans ce Mémoire, l'Univerſité préſente le tableau des inconvéniens qu'auroient ces affiliations ; je me contenterai d'en joindre ici le précis en note (61), & d'obſerver que la réclamation de l'Univerſité em-

---

(60) Page 22 dudit Mémoire.

(61) L'Univerſité, dans ſon Mémoire contre l'Aggrégation des Séminaires du Diocèſe de Perigueux à l'Univerſité de Bordeaux, expoſe d'abord (page 6) ſon plan en ces termes :

» Pour faire connoître à Votre Majeſté combien le projet d'aggréger les Séminaires » aux Univerſités ſeroit funeſte aux Études, l'Univerſité ſe propoſe d'expoſer d'abord, » quelle eſt la nature des Univerſités, leurs Loix, leur Police, leur Gouvernement, » & les principaux avantages qui en réſultent ; elle fera voir enſuite que l'Aggrégation » des Séminaires aux Univerſités eſt oppoſée à la nature, à l'eſprit & aux Loix de ces » mêmes Univerſités ; qu'elle anéantiroit tous les avantages qu'elles ont procurés dans » tous les temps, & qu'elles procurent encore à l'Egliſe & à l'Etat ; & qu'enfin elle » donneroit naiſſance à un grand nombre d'inconvéniens fâcheux, qui tourneroient tous » au détriment des Sciences & des Lettres ; en un mot, c'eſt par le moyen des Univer- » ſités que les Etudes ſe ſont ſoutenues dans le Royaume depuis pluſieurs ſiecles, & les » Univerſités ſeules pouvoient aſſurer cet avantage : or, l'Aggrégation des Séminaires » aux Univerſités les détruiroit infailliblement, & les Séminaires changés en Ecoles » Académiques ne pourroient procurer le même bien que les Univerſités. Cette Ag- » grégation eſt donc contraire au bien public des Etudes, & il eſt de la ſageſſe de » Votre Majeſté & de l'intérêt de ſes Etats, de ne point autoriſer cette nouveauté par » un exemple dont les conſéquences ſeroient ſi pernicieuſes ».

Dans le courant du Mémoire, l'Univerſité ſe livre à pluſieurs diſcuſſions, notamment à celles relatives ,

1°. A la différence qui exiſte entre les Univerſités & les Séminaires.

2°. Aux inconvéniens de ces affiliations.

J'inſererai une partie de ces Diſſertations dans cette Note.

« Les Univerſités (eſt-il dit pages 24 & 25, 33, 34 & 35 de ce Mémoire) ſont deſ- » tinées à former la Jeuneſſe par l'Etude des Lettres, des Sciences & de la Religion. » Les Séminaires ont pour objet de mettre à l'épreuve la vocation des jeunes Eccléſiaſ- » tiques, de les former à la pratique des vertus de leur état, & de leur en apprendre » les devoirs. Toutes les Ecoles d'une Univerſité doivent être réunies dans un même » lieu ; le ſuccès de leurs Etudes, & une partie précieuſe de leurs privileges, dépendent » de cette réunion. Les Séminaires au contraire ſont ſitués dans les différens Diocèſes » pour leſquels ils ont été établis. Les Ecoles Académiques ſont toutes ſoumiſes à la ju-

pêcha cette affiliation; il eſt même probable (vu les raiſons expoſées
par l'Univerſité dans ce Mémoire) qu'aucuns Séminaires n'auroient été

» riſdiction du Recteur & de ſon Conſeil ; il eſt en droit, il eſt même de ſon devoir d'en
» faire la viſite, d'y ordonner l'exécution des Statuts , d'en réformer les abus ; rien ne
» feroit plus oppoſé, non-ſeulement aux Statuts des Univerſités, mais aux Ordonnan-
» ces même du Royaume, que des Ecoles unies à une Univerſité, & indépendante du
» Recteur qui en eſt le Chef. Le gouvernement des Séminaires dépend uniquement de
» l'Evêque ; lui ſeul y donne des Loix ; lui ſeul en régle les Uſages, les Etudes & la
» Doctrine ; tous ceux qui les compoſent, Directeurs & Eleves, dépendent unique-
» ment de ſon autorité. Les Bulles d'Erection des Univerſités, revêtues du ſceau de
» la Puiſſance Royale, veulent que leurs Ecoles ne ſoient confiées qu'à des Gradués,
» & que leurs degrés ne ſoient conférés qu'aux Aſpirans qui auront rempli leurs Cours
» d'Etudes dans les Ecoles : or, ne feroit-ce pas faire une violence manifeſte aux ter-
» mes mêmes de ces Loix, que de comprendre au nombre de ces Ecoles Académiques,
» des Etabliſſemens qui en ſont ſi éloignés par leur deſtination & par leurs uſages......
» Les Sujets formés dans les Univerſités ſe répandent dans les différens Diocèſes, & y
» portent les principes qu'ils y ont puiſés : c'eſt-là, au rapport de l'Abbé Fleury, un
» des grands avantages qu'a procuré l'Etabliſſement des Univerſités. Multiplier les Eco-
» les Académiques, ce feroit ſe priver de ce précieux avantage. Les Séminaires Aggré-
» gés aux Univerſités formeroient autant d'Ecoles iſolées & indépendantes, qui auroient
» leurs ſentimens propres, leur maniere de s'exprimer & d'inſtruire. Quelle ſource de
» diſputes, de diviſions, & peut-être d'erreurs ! L'Univerſité de Louvain inſiſta forte-
» ment en 1618, ſur les ſuites fâcheuſes de cette diverſité dans les opinions & dans le
» langage ; & elle en conclut, que les Puiſſances devoient regarder comme une régle
» eſſentielle au bien public, que les Aſpirans aux Degrés, & aux emplois qui ſont atta-
» chés aux Degrés, fuſſent inſtruits dans les mêmes Ecoles, & y puiſaſſent les mêmes
» maximes.......... L'Aggrégation des Séminaires feroit une ſource de diviſions
» entre les Evêques & les Univerſités. Il pourroit arriver que les Diſciples de ces nou-
» velles Ecoles, munis des Certificats les plus avantageux, ne fuſſent pas trouvés di-
» gnes des Degrés. Les Directeurs des Séminaires s'en offenſeroient ; les Evêques vou-
» droient prendre la défenſe de leurs Ecoles ; ils ſe plaindroient de la rigueur des Uni-
» verſités ; ils attribueroient peut-être à la mauvaiſe humeur & à une ſecrete ven-
» geance les refus que leurs Séminariſtes auroient eſſuyés : de-là naitroient des diffe-
» rends continuels entre les Séminaires & les Univerſités ; différends qui ne pourroient
» aboutir qu'à faire perdre aux Séminaires les Privileges d'Ecoles Académiques, ou à
» les faire ériger en autant d'Univerſités, par la conceſſion du pouvoir de graduer
» leurs Eleves.
» Les Evêques ne conſentiroient pas ſans doute à voir priver leurs Séminaires des
» privileges que M. l'Evêque de Périgueux eſt ſi jaloux de procurer aux ſiens, ils pren-
» droient le parti de demander le droit d'examiner & de graduer leurs Séminariſtes.
» C'eſt celui que les Jéſuites prirent en 1643, ſur la ſimple appréhenſion de ces diffé-
» rends, qu'ils regardoient comme inévitables. Les Evêques ne ſe croiroient-ils pas plus
» autoriſés à faire la même demande, lorſque ces fâcheuſes conteſtations arriveroient ?
» Et combien d'autres motifs n'employeroient-ils pas pour faire réuſſir ce projet ? Ce
» que l'Univerſité leur oppoſe aujourd'hui ſur la dépendance néceſſaire entre les Degrés
» & les Etudes qui les font mériter ; l'inconvénient d'obliger les Univerſités à récom-
» penſer des Etudes faites dans des Ecoles étrangeres ; la dépenſe que cauſeroient aux
» jeunes gens l'acquiſition des Degrés, & les voyages qu'ils feroient obligés de faire ;
» la perte du temps & la diſſipation qui feroient le fruit de ces voyages ; ces raiſons &
» une foule d'autres, qu'ils ſçauroient mettre en uſage, feroient autant de prétextes
» apparens pour ſolliciter avec inſtance la totalité des privileges dont les Univerſités
» jouiſſent ».   G ij

affiliés à l'Université de Valence, fi, lorfque le Roi a accordé pour ce fujet, des Lettres Patentes, l'Univerfité de Paris avoit été entendue. Celle de de Bourges, en même-temps qu'elle fe joint à celle de Paris, pour réclamer contre ces affiliations, fait fur les Séminaires de Lyon, une obfervation particuliere, & qui eft très-jufte; elle prétend que leur affiliation à une Univerfité fife hors du reffort de la Cour, eft fujette aux plus grands inconvéniens, vu que le même Parlement, n'ayant d'autorité que fur le Séminaire affilié, ou que fur l'Univerfité à laquelle eft faite l'affiliation, ne peut connoître tous les abus que cette affiliation produit, ni par conféquent y remédier. C'eft ce qui engage l'Univerfité de Bourges à propofer à la Cour, que fi malgré fa réclamation, les Séminaires de Lyon reftoient affiliés à une Univerfité, l'affiliation

---

L'Univerfité termine fon Mémoire par répondre au principal motif (la confervation des Mœurs) que l'Evêque de Périgueux invoquoit pour obtenir l'affiliation des Séminaires de fon Diocèfe : la réponfe de l'Univerfité m'a paru fi fatisfaifante, que quelque longue que foit déja cette Note, j'y infererai encore cette portion du Mémoire de l'Univerfité.

« Pour déterminer Votre Majefté (dit l'Univerfité, pages 37 & 38) à accorder plus
» facilement l'Aggrégation des Séminaires, on emploie différens prétextes. On dit, par
» exemple, que les Mœurs font extrêmement corrompues dans les grandes Villes où les
» Univerfités font fituées ; que les jeunes gens qui fe deftinent à l'état Eccléfiaftique, y
» vivent dans la diffipation, & quelquefois dans le libertinage ; qu'ils y négligent les
» plus effentiels de leurs devoirs, & même leurs Etudes, & que fouvent ils ne doivent
» les Degrés qu'à l'extrême facilité que les Univerfités ont de les accorder.

» Ces prétextes feroient-ils donc affez forts pour faire changer un ordre généralement
» établi, fondé fur les Loix les plus précifes & les plus refpectables, dont les avantages
» fe font fait fentir dans tous les temps. Si ces prétextes étoient auffi réels & auffi férieux qu'on s'efforce de le perfuader, ils feroient au plus une raifon pour chercher des
» remedes efficaces à ces maux dont on fe plaint ; mais ils ne peuvent jamais être des
» motifs fuffifans pour faire anéantir les Univerfités, en communiquant leurs droits &
» leurs privileges à des Etabliffemens nombreux, dont l'efprit, la difcipline & la deftination feront toujours incompatibles avec la forme du gouvernement des Univerfités.

» Les jeunes gens qui font leurs cours d'Etudes dans les Univerfités, font prefque
» tous logés dans des Colleges, des Communautés, des Penfions, où ils menent une
» vie réglée, & où ils font à l'abri de la corruption des Mœurs. L'attention & la vigilance des Maîtres, qui veillent à leur conduite, ne leur permet pas de fe livrer au libertinage. S'il fe gliffe néanmoins quelques défordres parmi eux, on a foin d'y apporter un remede prompt & efficace. L'Univerfité ne craint point d'affurer à Votre Majefté que les Mœurs font autant en fûreté dans fes Colleges que dans les Séminaires,
» & elle préfume que les autres Univerfités ont la même attention : c'eft aux Evêques
» à exiger des Eccléfiaftiques de leurs Diocèfes, qui vont étudier dans les Univerfités,
» qu'ils demeurent dans des Maifons réglées, & fous les yeux de Maîtres, qui puiffent
» veiller fur eux, & répondre de leur conduite. Lorfque les Prélats continueront d'avoir
» cette attention, comme ils l'ont tous aujourd'hui, il ne fera pas à craindre que les
» Mœurs des jeunes Eccléfiaftiques fe dérangent dans les Univerfités ; ils y trouveront
» en même-temps des leçons de fcience & de vertu ; ils y apprendront à inftruire, & à
» édifier ; & au fortir des Univerfités ils ne fe rendront pas moins utiles aux Diocèfes
» par leur piété & leur zèle, que par leurs talens & leurs connoiffances ».

foit faite avec elle, comme étant l'Univerfité du reffort la moins éloignée de Lyon.

D'après la façon de penfer que je viens d'expofer, l'on ne me foup-
çonnera fûrement pas d'attribuer à des vues d'intérêts la défenfe que
l'Univerfité fait ici de fes droits. Les témoignages qu'elle a donné dans
tous les tems de fon dévouement généreux pour le bien du Royaume,
fuffifent pour diffiper de pareils foupçons; l'Univerfité, j'ofe le dire ici
en fon nom, fans craindre d'être démenti, fera toujours prête à facrifier à l'Etat fes intérêts perfonnels, & fi elle les foutient, c'eft fans
doute qu'elle les croit liés au bien public ; mais en rendant ainfi juftice aux vues de l'Univerfité, en les adoptant même, je crois être en
droit de dire qu'en fuppofant la Maifon d'Inftitution, une partie des
difficultés s'applaniffent, & les autres s'écartent comme n'ayant plus
d'application ; il faut développer mes idées, & c'eft ce que je vais
faire, après avoir mis quelques légeres obfervations fous les yeux de
Meffieurs.

D'abord il faut convenir que lorfque les deux Puiffances fe font réunies pour accorder aux Univerfités le droit de conférer les Grades
avec les prérogatives qui y font attachées, elles ne fe font pas propofé d'engager les jeunes gens, par l'attrait des honneurs & des Bénéfices, à étudier dans une Ville plutôt que dans une autre. Leur unique
objet a été d'accréditer les Ecoles publiques, & d'encourager, par des
Priviléges, la capacité qu'on y auroit acquife.

Il fuffit, pour s'en convaincre, d'examiner le premier titre que l'U-
verfité peut alléguer en faveur de fes Priviléges, je veux dire la Prag-
matique-Sanction dreffée fous Charles VII; fi les conceffions faites par
cette Loi en faveur des Etudes, fe concentrerent alors dans les Ecoles
qu'on appella enfuite Univerfité, c'eft qu'il n'y avoit point alors dans
le Royaume d'autres Ecoles publiques ; car on ne peut pas donner
ce nom à celles qui étoient établies dans les Cathédrales, ou dans les
Monaftères. Ce ne feroit donc pas aller contre le vœu des deux Puiffances, que d'étendre à toutes les Ecoles véritablement publiques le
Privilége des Grades, ce feroit peut-être au contraire fe conformer à
leurs premieres intentions, & ne s'écarter de la lettre de la Loix que pour
en mieux fuivre l'efprit.

Et en effet, pourquoi mettre entre les Ecoles publiques cette diftinction d'encouragement, qui ôte tout aux unes, tandis qu'elle accorde
tout aux autres ? Ne devroit-il pas y avoir entr'elles moins d'inégalité ?
Car ou les Etudes font bonnes, & dès lors elles ont droit aux mêmes
faveurs: ou les Etudes y font mauvaifes, & dès lors il faut ou les réformer ou les interdire.

Je conçois que la Loi, ne devant nulle confiance à l'Education particuliere, ne lui accorde auffi aucune récompenfe ; je conçois encore
que l'on attache des dignités de l'Eglife & de l'Etat à la capacité dans
les Sciences, prouvée par des actes publics & folemnels ; mais j'avoue

que je conçois avec peine pourquoi un jeune homme devenu habile & capable dans les Ecoles que le Légiflateur a fondées à Beauvais, fera de pire condition qu'un autre jeune homme qui n'aura acquis que le même dégré, fouvent un dégré inférieur d'habileté, dans les Ecoles fondées à Rheims, par le même Légiflateur; & pourquoi l'un fera-t-il admis à des Charges dont l'autre fera éternellement exclu? En fondant des Ecoles de Philofophie & de Théologie dans les Villes, le Souverain a-t-il donc voulu que ces Ecoles fuffent abandonnées, ou que ceux que leur fortune obligeroit de les fréquenter ne puffent employer, au profit de l'Etat, la fcience qu'ils y auroient acquife?

Sans doute qu'il faut de l'ordre & de la fubordination dans les Ecoles, & que les Colléges correfpondans ne peuvent avoir le même droit que les Univerfités. Qu'on diftingue donc dans les grades, le tems d'Etude néceffaire pour les obtenir, & le droit de les conférer; que le tems d'Etude foit par-tout le même, & déterminé par les Univerfités. Qu'elles feules foient juges des actes probatoires; que la collation des dégrés leur foit entiérement confervée; qu'il foit feulement libre de paffer le tems d'Etude, ou dans les Ecoles des Univerfités, ou dans celles des Colléges correfpondans; & alors les Univerfités conferveront leurs droits & leurs prérogatives effentielles, & leur gloire ne nuira ni au bien des Etudes, ni au progrès des Lettres. Et qu'on ne croie pas que le nombre des Maîtres-ès-Arts fût par là multiplié à l'infini. Les Claffes inférieures, la Seconde, la Rhétorique fe font dans tous les Colléges; il ne faut pas même d'atteftation de ces premieres Etudes; pourquoi y auroit-il plus d'inconvéniens pour la Philofophie? Et n'eft-ce pas à la capacité dans cette Science, plutôt qu'à une étude ftérile, fous tel ou tel Profeffeur, que les deux Puiffances ont voulu attacher des Priviléges?

On objectera, peut-être, que les Maitres-ès-Arts font déjà trop multipliés, & fur-tout dans certaines Univerfités, j'en conviens; mais quelle eft la caufe productive de cet abus? La trop grande facilité à les admettre, & le honteux trafic qui fe faifoit pour leur réception, fur-tout dans les Univerfités où la Faculté des Arts étoit confiée aux Jéfuites (62). La févérité dans les examens peut feule diminuer cette foule d'hommes inutiles, qui deshonorent les Univerfités, & dont celle de Paris même n'eft pas entiérement exempte: peut-être que la liberté de faire fon tems d'Etudes dans toutes les Ecoles publiques, mettroit des bornes à une indulgence trop commune; les Univerfités verroient d'un œil jaloux ceux qui auroient préféré les Ecoles des Colléges correfpondans; elles remettroient peut-être en vigueur les anciens Statuts, & foumettroient

---

(62) Voyez le détail de ces abus dont M. le Chancelier fe plaignoit en 1754, & l'Univerfité de Caen en 1762, dans mon Compte du Collége de Bourges, du 7 Juin 1764, pages 160-163.

Nota. Ces abus ont en 1762 occafionné un procès criminel inftruit fur la dénonciation de l'Univerfité de Caen, à la requête & par les ordres du Procureur Général du Roi, dont le détail fe trouve dans le même Compte.

ſes Eléves aux preuves qu'ils établiſoient. Cette réforme que tout Citoyen
& tout Homme de Lettres doit deſirer, non-ſeulement dans la Faculté des
Arts, mais dans toutes celles qui compoſent les Univerſités, empêcheroit que l'on vît des jeunes gens, par un ſimulacre d'Etude, & une réſi-
dence diſpendieuſe dans une Ville éloignée du lieu de leur naiſſance,
obtenir ce qu'ils ne devroient attendre que de leurs talens, & de leur
application. La concurrence entre les Univerſités & les Colléges correſpondans exciteroit l'émulation; & de cette émulation naîtroit, non une
foule de Maîtres-ès-Arts, tels que l'intérêt les multiplie dans quelques
Univerſités, mais un nombre d'hommes choiſis, inſtruits & capables,
qui ſoutiendroient la gloire de ces mêmes Univerſités, dans leſquelles il
leur auroit été glorieux d'être admis.

Seroit-ce donc déroger au vœu des deux Puiſſances, qui ont accordé des
prérogatives aux Univerſités? Je ne le penſe pas, pourvu cependant
que l'on conſerve (ainſi que je le propoſe) aux Univerſités le droit de
conférer les grades. En effet, le tems des Etudes eſt déterminé; les Colléges que les Ecoliers ſeront tenus de fréquenter, feront dans mon Plan,
en quelque ſorte, partie de l'Univerſité; les Maîtres de ces Colléges
étant Aggrégés, & Membres de la Maiſon d'Inſtitution, feront corps
avec l'Univerſité, & pourront, d'un moment à l'autre, en remplir les
Chaires. Le *Mezzo termine* qui réſulte du Plan préſenté dans le préſent
Compte, entre l'affiliation telle qu'elle a été juſqu'à préſent propoſée,
& l'abus de laiſſer les Colléges iſolés les uns des autres, ainſi qu'ils le
font actuellement; concilie donc la lettre & l'eſprit de la Loi, & s'il y
a de l'infraction, c'eſt dans l'état actuel; le titre de Maître-ès-Arts n'an-
nonçant pas toujours les qualités qu'il devroit ſuppoſer. . . . Enfin doit-
on craindre que les Ecoles des Univerſités deviennent déſertes? Je pourrois dire que cette crainte, ſi elle étoit fondée, ſeroit une preuve de la
foibleſſe des Maîtres qui rempliſſent les Chaires des Univerſités, & par
conſéquent une preuve de l'utilité, dont il ſeroit pour les jeunes gens
de finir leurs Etudes dans les Colléges correſpondans. Je pourrois dire
que cette utilité eſt une raiſon de plus pour leur accorder la liberté
que je réclame en leur faveur; je pourrois dire encore que les Ecoles
des Univerſités ſont quelquefois trop nombreuſes; qu'il faut un certain
nombre d'Ecoliers pour exciter l'émulation; mais lorſque le nombre
eſt porté à l'excès, il eſt une ſource de diſſipation, de dérangement, &
d'oiſiveté, dont il eſt impoſſible aux Maîtres d'arrêter les effets; je pourrois dire enfin, & cette réflexion me paroît déciſive, que ce n'eſt pas
dans tous les Colléges correſpondans, mais ſeulement dans les grandes
Villes qu'il faut établir des Claſſes de Philoſophie; que la gradation que
j'ai indiquée dans les Colléges ne permet pas de rendre ces Claſſes
trop communes; qu'enfin les Séminaires, par leur inſtitution, & par
par les motifs détaillés dans le Mémoire de l'Univerſité de Paris de
1748, & que j'ai extrait ci-deſſus, ne peuvent jamais être affiliés,
au moins pour ce qui concerne la Faculté des Arts : car il pourroit en

56

être autrement pour la Faculté de Théologie (63). Si cependant malgré toutes ces précautions, & les reſtrictions que je propoſe, les Univerſités

(63) L'Univerſité dans ſon Mémoire du 9 Janvier 1763, s'éleve cependant avec beaucoup de force contre l'idée que lesEtudes des Séminaires ſoient utiles pour obtenir des dégrés en Théologie ; elle s'éleve même contre l'établiſſement des Ecoles de Théologie, faite hors de l'enceinte des Univerſités ; celles d'Angers & de Bourges ſe joignent à celle de Paris. En effet, Meſſieurs ſe rappellent ſûrement que dans les Comptes que j'ai eu l'honneur de leur rendre le 5 Juillet & 12 Août 1763, des Colléges de la Fléche & de Tours (pages 365 & 500) j'ai mis ſous leurs yeux l'extrait des Mémoires de l'Univerſité d'Angers, qui demandoit la ſuppreſſion des Ecoles de Théologie dans ces deux Colléges ; ce que Sa Majeſté a accordé pour le premier, & non pour le ſecond, ayant par ſes Lettres-patentes (du 7 Décembre 1763, vérifiées en la Cour le 20 du même mois) confirmé les Ecoles de Théologie de Tours. Quoique la queſtion de ſçavoir ſi l'on doit établir des Chaires de Théologie hors de l'Univerſité, ne ſoit pas abſolument dans mon plan, comme cependant elle n'y eſt pas non plus étrangere ; je joindrai ici en note, quelques-unes des réflexions qui ſe trouvent à ce ſujet dans le Mémoire de l'Univerſité du 9 Janvier 1763, en obſervant cependant que, ſoit parce que j'ai déja dit ſur cette queſtion, ſoit par l'inſertion que je fais dans la préſente note, d'une partie du Mémoire de l'Univerſité, mon intention eſt ſeulement d'expoſer le ſentiment de l'Univerſité, me réſervant en entier ſur une queſtion, qui mérite la plus grande diſcuſſion, & ſur laquelle, avant que de prendre un parti, & d'avoir l'honneur de rendre compte à la Cour de ma façon de penſer, il faudroit que j'euſſe le loiſir d'examiner tout ce qui peut y être rélatif. Mes connoiſſances ſur cette Science ſe bornant à penſer avec l'Auteur du Diſcours qui a été couronné en 1763, par l'Accadémie des Jeux Floraux (le Pere Navarre, Doctrin. note 29) & que j'ai déjà cité ci-deſſus, qu'il faudroit éloigner les Jeunes gens » de ces Ecoles où de la Science la plus reſpecta-
» ble on fait, preſque une ſcience de dériſion & d'inutilité, qui a enfanté des hypotéſes
» hazardées, des poſſibilités ridicules, des queſtions étrangeres à l'objet de la vraie
» Théologie ; ſcience plus propre à faire naître des doutes ſur la Réligion, qu'à l'expli-
» quer, à ſcandaliſer les Fidéles par l'eſprit de parti & les inimitiés qu'elle ſéme, qu'à
» les édifier par des Leçons de paix & de charité ». Après cette Déclaration de mes ſentimens, je reviens au Mémoire de l'Univerſité.

» Elle n'ignore pas (dit-elle dans ſon Mémoire) & elle a toujours vu avec peine,
» qu'on ait établi des Chaires de Théologie polémique dans les Colléges de quelques
» Villes de Province ; il y a long-tems qu'elle auroit réclamé contre une innovation
» ſi dangereuſe, ſi elle avoit eu l'eſpérance de faire entendre ſa voix avec ſuccès. L'éta-
» bliſſement de ces Chaires de Théologie eſt une atteinte portée aux Univerſités ; de-
» puis leurs fondations elles avoient été ſeules en droit & en poſſeſſion d'enſeigner
» les Sciences propres aux Facultés ſupérieures ; l'autorité publique n'auroit pas per-
» mis qu'on établît des Chaires de Médecine ou de Droit hors les Univerſités. Pour-
» quoi s'eſt-on cru permis d'y établir des Chaires de Théologie ? Quels biens ont pro-
» duit ces nouvelles Ecoles ? Les Etudes de Théologie ne s'y font faites que très-impar-
» faitement ; les Profeſſeurs, Membres de différens Ordres ou Congrégations, ont eu
» chacun la Doctrine favorite adoptée par leur Communauté ; les jeunes Théologiens
» ont été principalement appliqués à étudier des opinions & des ſyſtêmes qui ſe com-
» battent, & les ont enſuite ſoutenus avec aigreur & opiniâtreté ; cette diverſité de
» ſentimens a jetté le trouble & le déſordre & dans l'Egliſe & dans l'Etat. Il ſeroit
» donc du bien public que les Chaires de Théologie polémique fuſſent ſupprimées
» dans les Colléges correſpondans, & que l'enſeignement de cette Science fût reſervé
» aux ſeules Univerſités : les Eccléſiaſtiques deſtinés aux fonctions du Miniſtere, doi-
» vent trouver dans les Séminaires une inſtruction ſuffiſante ſur ce qui concerne les

craignoient

craignoient encore que leurs Ecoles ne fuſſent abandonnées; ne peut-on pas leur répondre qu'elles ont entre leurs mains un moyen ſûr de prévenir ce malheur; qu'elles faſſent fleurir les Etudes & les Lettres, qu'elles placent dans les Chaires des hommes de génie, & dont le nom ſoit fait pour aller un jour à la poſtérité; qu'elles maintiennent dans leurs Colléges, l'ordre, l'émulation & la tradition des bons principes; qu'elles mettent la plus grande attention, comme la plus grande ſolemnité dans l'examen de leurs Eleves, que leurs dégrés ſoient toujours la récompenſe & la preuve de leur capacité, & jamais celle d'une aſſiſtance purement extérieure; & bientôt elles auront plus à ſe plaindre de l'affluence de leurs Diſciples que de leur rareté.

J'ai juſqu'à ce moment diſcuté la queſtion de ſavoir s'il falloit communiquer aux grands Colléges correſpondans les Priviléges Apoſtoliques, ou plutôt celle de ſavoir ſi les Etudes qui ſe feroient dans ces Colléges, vaudroient pour obtenir des dégrés dans les Univerſités; j'ai, dis-je, diſcuté cette queſtion, comme ſi les choſes étoient entieres, & comme ſi l'établiſſement fait d'Aggrégés dans la Faculté des Arts, par les Lettres patentes du 3 Mai 1766, les fonctions qui leur étoient attribuées, & les Priviléges que le Souverain a daigné leur accorder, n'apportoient pas néceſſairement quelques changemens aux principes établis dans le Mémoire de l'Univerſité du 9 Janvier 1763. Meſſieurs ſentent l'importance de cette réflexion; en effet, ſi l'établiſſement des Aggrégés avoit créé dans l'Univerſité de Paris un nouvel ordre de choſes, il s'en ſuivroit néceſſairement qu'en établiſſant auſſi dans les autres Facultés des Arts des Aggrégés, la révolution arrivée dans celle de Paris, ſeroit le principe de celle qu'il faudroit faire dans celles de Province; je dois donc avant de terminer cette premiere partie, examiner quel a été & quel doit être l'effet des Lettres Patentes du 3 Mai 1766. Pour mettre cette queſtion dans tout ſon jour, il faut reprendre les choſes d'un peu plus haut.

D'abord, je prie Meſſieurs de ſe rappeller qu'en transférant dans le Collége de la Fléche, par Lettres patentes du 7 Avril 1764, une partie de l'Ecole Royale Militaire; le Roi a ordonné, que pour remplir les Chaires de ce Collége, il ſeroit fait à chaque vacance un concours dans l'Univerſité de Paris; qu'après ce concours il lui ſeroit préſenté trois Sujets ſur leſquels il choiſiroit celui qu'il jugeroit à propos; qu'enfin dans le Réglement attaché ſous le contre-ſcel des Lettres patentes du 10 Août 1766, relatives au concours néceſſaire pour la nomination des Aggrégés établis par les Lettres patentes du 3 Mai précédent, le Roi a accordé par l'article 3 du titre 10 l'éligibilité à tous les Profeſſeurs du Collége de la Fléche, nommés depuis les Lettres patentes du 7 Avril

---

» parties de la Théologie dont ils ont beſoin, ſur-tout la Théologie Morale, » les Sacremens & les Cérémonies de l'Egliſe «.

H

1764. Les chofes étoient en cet état, lorfque M. le Duc de Choifeul écrivit, le 3 Mars 1766, à la Faculté des Arts, pour lui notifier les defirs du Roi, d'affilier le Collége de la Fléche, à l'Univerfité ; la Faculté des Arts a pris à ce fujet une Délibération le 24 Mai 1766, & Sa Majefté a le 7 Avril 1767, donné des Lettres patentes qui ont été regiftrées en la Cour le 5 Mai fuivant, que je crois important de joindre ici en note ; j'accolerai enfemble les (64) différentes difpofitions de cette Délibération,

---

(64) *Délibération de l'Univerfité & Lettres Patentes du Roi pour l'affiliation du College Royal de la Fléche.*

DÉLIBÉRATION.

De la Faculté des Arts de l'Univerfité pour l'affiliation du College de la Fléche.

Du 24 Mai 1766.

L'UNIVERSITÉ, en délibérant fur la Lettre de Mgr. le Duc de Choifeul, en date du 3 Mars 1766, au fujet du Collége de la Fléche, a penfé qu'elle ne devoit point être arrêtée par les difficultés qui paroiffent s'oppofer à fon zèle, & qu'elle devoit s'empreffer d'entrer dans les vues de cet illuftre Miniftre, & par ce moyen concourir en ce qui dépend d'elle, à donner à cette Ecole une célébrité qui réponde au nom de fes auguftes Fondateurs, à l'amour dont l'honore Louis le Bien-aimé, & au deffein plein de fageffe qu'a Sa Majefté d'y procurer, fur-tout à la jeune Nobleffe qu'Elle y tient réunie, une éducation qui la difpofe aux différens états auxquels elle peut afpirer. Perfuadée d'ailleurs, qu'une éducation qui n'eft pas même accordée aux autres Univerfités en toute fon étendue, unique par conféquent dans fon efpece, ne peut être accordée qu'à un établiffement unique dans la fienne, & ne peut tirer à conféquence pour tout autre Collége, ou toute autre Ecole ; que par cette raifon même Sa Majefté ne fouffrira point que fon Univerfité l'étende jamais au-delà de fon Collége de la Fléche.

A réfolu :

LETTRES PATENTES DU ROI.

Pour l'affiliation du College Royal de la Fléche à l'Univerfité de Paris.

Données à Verfailles le 7 Avril 1767.

Regiftrées en Parlement le 5 Mai 1767.

LOUIS, par la grace de Dieu, Roi de France & de Navarre : A tous ceux qui ces préfentes Lettres verront ; SALUT. En confirmant par nos Lettres Patentes du 7 Avril 1764, l'Etabliffement de notre College de la Fleche, Nous nous fommes propofé, non-feulement d'en faire un afyle pour les enfans de la Nobleffe indigente de notre Royaume, mais encore de donner fucceffivement à cette Ecole toute la célébrité qui convient à fon origine & à fa deftination : mais comme la célébrité confifte moins dans l'éclat des titres qui décorent une inftitution, que dans la réputation qu'elle acquiert par fes fuccès, Nous avons penfé que le meilleur moyen que Nous euffions de préparer & d'accélérer ceux de notre College, étoit d'affocier fes Etudes à celles de notre Univerfité de Paris. C'eft dans le fein de cette mere des Lettres que Nous avons déja voulu que fes Maîtres fuffent choifis ; il nous reftoit à en foumettre l'enfeignement à fon infpection, & à faire participer fes Eleves aux avantages dont jouiffent ceux de notre Univerfité. Nous avons vu avec fatisfaction que notre Univerfité a été à cet égard, au-devant de nos intentions. Après avoir projetté par les foins de quelques-uns de fes principaux Membres le Réglement que nous faifons exécuter par provifion dans notre College, elle s'eft portée, par

& de ces Lettres patentes, pòur qu'il foit plus aifé de voìr la différence
qu'il y a entre la Délibération de l'Univerfité, qui contenoit fon vœu

une Délibération folemnelle de la Faculté des Arts, à en adopter les Etudes Philofophiques, de la même maniere, & pour le même teins que les Etüdes faites dans fes propres Colleges ; & à admettre à la Maîtrife ès-Arts, après les Examens ordinaires, les Sujets qui en feront jugés capables. Empreffés de faire jouir de cette adoption les Ecoles de notre College, foit Penfionnaires, foit Externes, Nous avons réfolu de la fixer par notre autorité, & d'en régler les conditions. A ces Causes & autres à ce Nous mouvans, de l'avis de notre Confeil, & de notre certaine fcience, pleine puiffance & autorité Royale, Nous avons dit, déclaré & ordonné, difons, déclarons & ordonnons, voulons & Nous plaît ce qui fuit :

ARTICLE PREMIER.

D'ADOPTER les Etudes Philofophiques du Collége de la Fléche, de la même maniere, & pour le même-tems que les Etudes faites dans fon fein, & en conféquence après le cours de Philofophie fait au Collége de la Fléche, d'admettre aux Examens, dans les Ecoles des Nations qui la compofent, & s'ils font trouvés capables, à la Maîtrife ès Arts, les Etudians dudit Collége, aux mêmes conditions & fuivant les mêmes formes que pour les Candidats qui ont étudié dans les Colléges de l'Univerfité.

ARTICLE PREMIER.

LES Etudians de notre College de la Fleche, après avoir fait leur Cours de Philofophie dans notredit College, poúrront fe préfenter aux Examens dans les Ecoles des Nations de notre Univerfité de Paris ; & s'ils en font jugés capables, ils feront admis à la Maîtrife ès Arts, aux mêmes conditions & fuivant les mêmes formes que pour les Candidats qui ont étudiés dans les Colleges de l'Univerfité.

ART. II.

QU'A l'avenir les Principal & Profeffeurs dudit Collége de la Fléche, ne pourront être choifis que parmi les Maîtres és Arts de l'Univerfité de Paris, & qu'ils feront tenus de fe faire immatriculer dans leurs nations ; que cependant quant aux Principal & Profeffeurs actuels dudit Collége qui ne feroient ni immatriculés auxdites nations, ni même Maîtres ès Arts de la Faculté de Paris, ils feront tenus de fe préfenter avant le mois d'Octobre prochain, pour être comptés & immatriculés, fuivant les formes ordinaires, pour eux feulement, & fans tirer à conféquence pour la fuite ;

ART. II.

IL fera par Nous pourvu dorénavant aux Chaires vacantes dans notredit College, fur la feule préfentation qui fera faite par le Recteur de ladite Univerfité, à celui de nos Secrétaires d'Etat, ayant le Département de la Guerre, de la Lifte des Aggrégés affectés à la Claffe qui fera à remplir, fuivant & conformément à nos Lettres Patentes du 10 Août dernier, concernant les Aggrégés de la Faculté des Arts.

d'alors, & les Lettres patentes qui renferment la volonté du Prince, & forment la Loi que l'on doit fuivre. Ces différences viendroit à l'appui du projet détaillé dans le préfent Compte.

---

aute de quoi les Certificats d'Etudes qu'ils délivreroient feroient de nulle valeur.

ART. III.

QUE les Profeſſeurs de Philofophie dudit Collége de la Fléche, feront auſſi tenus de dreſſer deux fois par an, en Décembre & Avril des Catalogues où les noms de leurs Ecoliers, feront écrits de la main de chaque Ecolier, & d'envoyer leurs Catalogues par eux certifiés véritables, & contre-ſignés par le Principal au Greffe de ladite Univerſité, ainſi qu'il ſe pratique dans les Colléges de l'Univerſité.

ART. III.

LE Principal du College fera par Nous choiſis à l'avenir parmi les Maîtres ès-Arts de notredite Univerſité, qui joindront à la pureté des Mœurs & à leur attachement à la Religion, une capacité publiquement reconnue, tant pour l'enſeignement que pour le gouvernement.

ART. IV.

QUANT au Principal, & aux Profeſſeurs & Régens, actuellement exiſtans dans ledit College, qui n'auroient pas encore obtenu le Degré de Maître ès-Arts de notre Univerſité de Paris, ou qui l'ayant obtenu, ne feroient pas encore immatriculés dans quelqu'une des Nations qui compoſent la Faculté des Arts; ils feront tenus de ſe préſenter avant le mois de Novembre prochain, ſoit pour y être immatriculés, s'ils ſont déja Maîtres-ès-Arts de ladite Univerſité, ſoit pour y être cooptés, & enſuite immatriculés, ſuivant les Statuts & les formes ordinaires, au cas qu'ils n'ayent obtenu ni l'une, ni l'autre qualité; faute de quoi les Certificats d'Etudes qu'ils délivreront, feront nuls, & de nulle valeur. Voulons au ſurplus que le préſent Article n'ait lieu que pour le Principal, les Profeſſeurs & Régens, qui occupent actuellement des Chaires dans ledit College, & ne puiſſe tirer à aucune conſéquence pour l'avenir.

ART. V.

LES Profeſſeurs de Philofophie de nodit College feront tenus de dreſſer deux fois par an, en Décembre & en Avril, des Catalogues, où les noms de leurs Ecoliers feront écrits de la main de chaque Ecolier, & d'envoyer leſdits Catalogues par eux certifiés véritables, & contreſignés par le Principal au Greffe de notredite Univerſité, ainſi qu'il ſe pratique dans les Colleges de l'Univerſité.

En effet, je m'attends que l'on objectera que dans le préambule de sa PREMIERE Délibération, ainsi que dans le dernier article, l'Université a précisément PARTIE.

ART. IV.

QUE l'enseignement & les exercices des Classes dudit Collége de la Fléche, feront conformes en tout à l'enseignement & aux exercices des Classes de l'Université ; & pour cette raison, que les Principal & Professeurs dudit Collége feront soumis à l'inspection, autorité & jurisdiction de l'Université, comme le font les Principaux & Professeurs de ladite Université.

ART. V.

QUE tous les ans il fera nommé par le Tribunal de la Faculté des Arts de l'Université, un Commissaire Académique, lequel fera chargé de fe transporter audit Collége de la Fléche, & autorisé à dresser procès-verbal, concernant l'ordre & la discipline des Etudes, à corriger provisoirement les abus qui pourroient s'y être glissés ; & lorsqu'il fera de retour, tenu de référer du tout audit Tribunal de la Faculté des Arts, lequel en référera lui-même, s'il en est besoin, au Ministre de Sa Majesté, au Département de la Guerre ; le tout aux frais & dépens dudit Collége de la Fléche.

ART. VI.

QUE les Principal & Professeurs de la Fléche ne pourront en cette qualité, ni pour raison de leur cooptation ou immatriculation, ni sous tout autre prétexte que ce soit, prétendre au privilége du *Septennium*, dont jouissent les Principaux & Professeurs de l'Université de Paris, ni partager en tout ou en partie avec les Principaux & Professeurs de l'Université, les revenus du vingt-huitieme du Bail Général des Postes & Messageries du Royaume.

ART. VI.

L'ENSEIGNEMENT & les exercices des Classes de notredit College, feront conformes en tout à l'enseignement & aux exercices des Classes de notredite Université ; à l'effet dequoi le Principal, les Professeurs & Régens de notredit College, feront soumis à cet égard feulement, à l'inspection, autorité & jurisdiction de notredite Université,

ART. VII.

POUR assurer l'exécution de l'Article précédent, voulons que tous les ans il soit nommé, par le Tribunal de la Faculté des Arts de notredite Université, un Commissaire Académique, que Nous autorisons à fe transporter dans ledit College, pour y dresser Procès-verbal concernant l'ordre & la discipline des Etudes feulement, & y corriger provisoirement les abus qui pourroient s'y être glissés. Ledit Commissaire en référera à fon retour audit Tribunal, lequel adressera à notredit Secrétaire d'Etat une Copie en forme dudit Procès-verbal, avec fes observations ; Nous réfervant au furplus de pourvoir aux frais dudit Commissaire, foit sur les revenus du College, foit autrement.

ART. VIII.

LE Principal, les Professeurs & Régens de notredit College, ne pourront en cette qualité, ni pour raison de la cooptation, ou immatriculation mentionnées en l'Article IV, ni sous tout autre prétexte que ce foit, prétendre au Privilege du *Septennium*, dont jouissent les Principaux & les Professeurs de notredite Université, ni partager avec eux en tout ou en partie, les revenus du vingt-huitieme du Bail des Postes & Messageries du Royaume : N'entendons néanmoins priver ceux desdits Professeurs & Régens, que Nous avons choisis & nommés depuis le mois d'Avril 1764, de l'avantage de l'éligibilité qu'il a été dans notre intention de leur réferver par l'Article 3 du Titre 10, du Réglement annexé

arrêté» que le Roi fera bien inftamment fupplié de déclarer dans les **Lettres**
» patentes à intervenir fur cet objet, que l'adoption qu'elle faifoit des
» Ecoles du Collége de la Fléche, adoption qui n'a point d'exemple,
» n'aura pas non plus de fuite, pour aucun autre établiffement, & ne
» pourra être étendue au-delà des Etudes de la Grammaire, Rhétorique
» & Philofophie du Collége de la Fléche.

Avant que de répondre à cette objection, je crois devoir faire remarquer
à MM. que cette délibération de l'Univerfité, eft un défaveu formel de ce
qu'elle avoit avancé dans fon Mémoire du 9 Janvier 1763, *qu'il n'étoit pas
en fon pouvoir de confentir à aucune affiliation, & que pour en établir une, il
faudroit le confentement des deux Puiffances ; qu'enfin toute affiliation étoit contraire au vœu des deux Puiffances,* (voyez ci-deffus, pages 48 & 49). Par fa
délibération du 24 Mai 1766, l'Univerfité divife avec raifon ce qu'elle avoit
confondu dans fon Mémoire du 9 Janvier 1763, les Etudes & la Collation des dégrés. En effet, pour établir une Univerfité, ou pour donner à un Collége, le droit de conferer des Grades, il peut être befoin
de l'autorité Eccléfiaftique ; mais l'autorité du Roi eft feule néceffaire
pour déclarer que les Etudes qui fe feront dans un Collége où les Maîtres feront Membres de l'Univerfité, vaudront à l'effet d'obtenir des
dégrés qui ne peuvent être conferés que par les Univerfités, & après

---

ART. VII.

QUE cette adoption du Collége de la
Fléche, n'aura lieu qu'autant de tems que
les Principal & Profeffeurs dudit Collége,
feront vraiement Académiques : c'eft-à-dire
qu'ils auront les qualités, & fe conformé-
ront au Réglement ci-deffus marqué, &
en outre qu'ils ne feront d'aucuns des Corps
ou Congrégations que l'Univerfité de Paris
a refufé conftamment d'admettre dans fon
fein.

ART. VIII.

QUE Sa Majefté fera inftamment fupplié de déclarer dans les Lettres patentes à
intervenir fur cet objet, que cette adoption qui n'a point d'exemples, n'aura pas
non plus de fuite, *pour aucun autre établiffement,* & ne pourra être étendu au-
delà des Etudes de Grammaire, Rhetorique & Philofophie dudit Collége de la
Fléche.

à nos Lettres Patentes du 10 Août dernier.

ART. IX.

L'AFFILIATION ou Aggrégation de
notredit College à l'Univerfité de Paris,
n'aura lieu que pour les Etudes de Grammaire, de Réthorique & de Philofophie,
notre intention n'étant pas que l'effet en
foit porté plus loin. Voulons que le Privilege ne fubfifte qu'autant que le Principal,
les Profeffeurs & Régens de notredit College, feront vraiment Académiques, en fe
conformant à ce que Nous avons ordonné
ci-deffus, & qu'ils ne feront d'aucuns des
Corps ou Congrégations que notredite Univerfité n'a pas admis dans fon fein.

VOULONS en outre que le Privilege
que nous accordons à un Etabliffement,
unique dans fon efpece, ne puiffe tirer à
conféquence *pour aucun autre établiffement
étranger à notredite Univerfité.*

que ces Corps Littéraires se feront, par des épreuves & examens, assu-
rés de la capacité des Candidats. Il est vrai que par sa délibération, l'Université supplie le Roi de restraindre cette grace au seul Collége de la Fléche; mais le Roi a-t-il adopté cette restriction ? Non. Le Roi dit même précisément dans le préambule de ses Lettres Patentes, *qu'il a résolu de fixer cette adoption par son autorité, & d'en régler les conditions.* En conséquence comme il venoit de donner ses Lettres Patentes des 3 Mai & 10 Août 1766, qui créoient un nouvel ordre de choses, il n'a pas voulu adopter en entier la réserve de l'Université, il s'est contenté d'ordonner » que le » Privilége qu'il accordoit à un établissement unique dans son espéce, » ne pourra tirer à conséquence *pour aucun autre établissement ETRAN-* » *GER A LADITE UNIVERSITÉ.* » Ces mots sont Sacramentaux , & Messieurs en sentent toute la force ; si le plan proposé étoit adopté, *les Colléges Correspondans ne seroient point étrangers à l'Université,* les dispositions des articles premier, cinq, six & sept des Lettres Patentes du 7 Avril 1767, leur deviendroient nécessairement communs, & le Souverain les inséreroit dans la Loi qu'il donneroit pour établir la Maison d'Institution; les Maîtres des Colléges Correspondans seroient, ainsi qu'il est ordonné pour ceux du Collége de la Fléche, par les articles deux & trois, tirés du nombre des Aggrégés ; & l'article cinq des Lettres Patentes du 3 Mai 1766, que je joins ici en note, (65) prouve que cette disposition est dans le vœu du Souverain; il seroit également juste d'exclure nommément ces Professeurs des Priviléges énoncés dans l'article 8 des Lettres Patentes, concernant le Collége de la Fléche. Enfin la réserve portée par l'article 9 de ces Lettres Patentes, devroit aussi être insérée dans la Loi qui seroit donnée à ce sujet. Le Collége de la Fléche n'auroit donc plus aucun motif d'exception particuliere ; car je ne crois pas que l'on objecte sa destination qui est pour l'éducation de la Noblesse du Royaume : les enfans de cette portion de la Nation, qui a défendu au prix de son sang, le Trône, ou qui, par des Arrêts, a conservé les droits de l'auguste Maison qui nous gouverne, méritent , sans contredit, des préférences ; mais le Roi est le pere de tous ses sujets, il ne croira jamais devoir en priver une partie (66) des se-

---

(65) « Les Docteurs Aggrégés pourront accepter la Place de Principal, de Profes- » seurs & de Régens dans les Colleges de notre Royaume, par Nous confirmés de- » puis notre Edit de Février 1763 , auquel cas il sera pourvu à leurs Places de Doc- » teurs Aggrégés, après l'expiration de l'année du jour de leur nomination aux sus- » dites Places, pendant laquelle ils auront la faculté d'opter entre elles & celle d'Ag- » grégés ; Voulons néanmoins qu'en cas qu'ils quittent celle d'Aggrégé, ils puissent » être choisis pour remplir les Chaires en notredite Université de Paris, pourvu toute- » fois que depuis leur option ils aient rempli, sans interruption, l'une des susdites pla- » ces ».

(66) Aussi les Lettres Patentes du 7 Avril 1764, ordonnent-elles, qu'il sera reçu des Externes dans les Classes du College de la Fleche ; & il paroît que c'est principalement eux que le Souverain a eu en vue dans les Lettres Patentes du 7 Avril 1767 , puisque le Grade de Maître-ès-Arts paroit inutile à la plus grande partie des jeunes gens que Sa

cours néceffaires pour développer leurs talens, fur-tout, fi cette dif-tinction excluoit d'une meilleure Education ceux que le défaut de reffources & d'exemples, dans leurs maifons paternelles, mettent dans le cas d'en avoir plus de befoin: Ceux pour qui il a établi la Nobleffe Militaire, & auxquels il a donné une marque précieufe de fon amour, en voulant que, puifqu'ils ne pouvoient compter leurs ayeux, ils comptaffent leurs exploits, & s'en fiffent des titres de Nobleffe. Notre glorieux Monarque, depuis qu'il eft fur le Trône, (67) s'eft toujours occupé de procurer une bonne éducation à tous fes fujets, il en connoît l'importance, & fçait, (pour me fervir des expreffions d'un Monarque, qui n'a, ainfi que celui fous l'empire duquel nous avons le bonheur de vivre, d'autre objet que de rendre des fujets heureux,) » que lorf-» que les Univerfités profpererent (& l'affiliation propofée, les fera prof-» pérer, ainfi que je crois l'avoir démontré) elles fourniffent à l'état » une riche récolte dans les Sçiences, & uniffent plus étroitement la » Jeuneffe à fes Souverains, (68) ». Ce font ces motifs qui ont dicté les différentes Lettres Patentes, accordées pour le Collége de la Fléche; n'avons-nous donc pas lieu d'efpérer qu'ils décideront pareillement le Roi à mettre tous fes fujets à portée de jouir du même bienfait, & qu'il voudra bien rendre générales & communes à tous les Colléges Correfpondans les difpofitions des Lettres Patentes du 7 Avril 1767.

Que réfulte-t-il de ce que je viens d'expofer? Qu'il me paroît que l'Univerfité de Paris, qui a, le 14 Août 1767, coopté & immatriculé les Maîtres du Collége de la Fléche, qui n'étoient pas Maîtres-ès-Arts, ou qui l'étant, ne s'étoient pas fait immatriculer; qui, dis-je, les a coopté & immatriculé purement & fimplement, a adopté, fans aucune réclamation, toutes les difpofitions des Lettres Patentes du 7 Avril 1767. Elle n'a donc pas cru que les changemens que cette Loi faifoit à fa délibération du 24 Mai 1766, relativement à la réferve inferée dans l'article 8 de cette délibération, fuffent l'objet de répréfentations; elle n'a pû en avoir d'autres motifs que la perfuafion intime où elle étoit, avec raifon, que ces changemens étoient une fuite néceffaire & naturelle des Lettres Patentes des 3 Mai & 10 Août 1766; d'où je conclus que la propofition que j'avois avancée, fçavoir, que que les Lettres Patentes des 3 Mai & 10 Août 1766, avoient établi un nouvel ordre de chofes dans le régime de l'Univerfité, fe trouve prouvé, par le témoignage de l'Univerfité, dans fes délibérations du

---

Majefté fait élever dans le College Royal de la Fleche, & qu'Elle deftine principalement à l'Etat Militaire. (Voy. lefdites Lettres Patentes du 7 Avril 1764).

(67) A peine le Roi avoit-il pris les rênes du Gouvernement, qu'en 1719, il a ordonné l'enfeignement gratuit dans l'Univerfité, & a affûré des fonds pour le payement des Maîtres.

(68) Difcours du Roi de Suede au Prince Royal en l'autorifant à accepter la place du Chancelier de l'Univerfité d'Upfal.

24 Mai 1766, & 14 Août 1767; par celui du Souverain dans ſes Let- PREMIERE
tres Patentes du 7 Avril 1767 ; enfin par celui du Parlement, qui a PARTIE.
vérifié ces Lettres Patentes le 5 Mai 1767. De ces témoignages réu- *Education.*
nis, il réſulte que tout Collége qui aura des Maîtres tirés des Aggrégés, & qui ſera ſoumis aux diſpoſitions des Lettres Patentes du 7 Avril
1767, doit jouir des Priviléges y contenus; qu'en conſéquence la baſe
ſur laquelle porte le plan contenu dans le préſent Compte, eſt déja
approuvée par l'Univerſité, le Parlement & le Roi. Il ne me reſte plus
qu'à deſirer que ſon développement mérite les mêmes approbations,
ou du moins que les idées que j'ai préſentées, miſes en uſages par des
mains plus habiles, procurent le bonheur de mes concitoyens, & tous
mes vœux ſeront remplis.

Avant que de paſſer à la ſeconde partie ou j'ai à diſcuter en détail,
la méthode d'enſeigner les Humanités & la Philoſophie, je crois devoir réitérer la déclaration que j'ai déja faite pluſieurs fois dans le
cours du préſent Compte, & rendre juſtice au zèle & aux intentions
de l'Univerſité de Paris. Si j'ai paru quelquefois m'écarter de ſes vues,
ce n'a été que pour me rapprocher de celles, ſoit de l'Arrêt de la
Cour, qui a donné lieu aux Mémoires de l'Univerſité, ſoit des Loix depuis vérifiées en la Cour. La Córreſpondance dont l'Arrêt du 3 Septembre 1762 jette le fondement, ne peut avoir trop d'étendue ; elle
eſt le premier pas vers la réformation générale de l'Education publique. Qu'il ſera glorieux pour la Compagnie, que cette réformation ſoit
due à ſon zèle & à ſa ſageſſe! Qu'il eſt flatteur pour elle de voir que
tout ce qui a été fait par le Roi depuis cet Arrêt, paroît avoir le même
objet! En demandant au Souverain cette Correſpondance, la Cour lui
offrira le tribut le plus certain de ſa fidelité; en la procurant au peuple,
elle lui rendra le plus ſignalé des bienfaits. Un ſyſtême d'Education bien
combiné eſt le gage le plus ſûr de la gloire des Rois & de la fidélité
des peuples. L'inſtruction rend les hommes moins méchans, plus religieux, plus fidéles, plus vertueux & plus attachés à leur patrie; & ce
n'eſt pas une partie peu intéreſſante de l'adminiſtration, que de ſçavoir
maintenir les Loix par les mœurs, & les mœurs par les lumieres.

SECONDE PARTIE.

*DE la Méthode à ſuivre dans l'enſeignement des Humanités &
de la Philoſophie.*

JE réunirai dans cette ſeconde partie du Compte que j'ai l'honneur SECONDE
de rendre à la Cour, les deux Mémoires de l'Univerſité, dont l'un con- PARTIE.
cerne la méthode d'enſeigner les Belles-Lettres, & l'autre tout ce qui a *Méthode.*
rapport à la Philoſophie.

I.

L'Univerfité commence fon Mémoire contenant le plan d'Etudes pour les Humanités & la Rhétorique, par obferver, que la forme d'enfeignement ufitée dans fes Colléges, eft un bienfait dont Henri IV fe plut à l'honorer (69). Ce grand Prince ne fut pas plutôt paifible poffeffeur du Trône de fes peres, qu'il s'occupa du rétabliffement des Etudes dans fa Capitale ; il fit examiner les anciens Statuts de l'Univerfité, en fit rédiger de nouveaux, & fixa en même tems la forme des Etudes en tout genre de Sçiences. La nouvelle rédaction de ces Statuts fut apportée & notifiée à l'Univerfité par trois députés de la Cour, Meffieurs de Thou, Coquerel & Molé, noms que l'Univerfité appelle avec raifon, chers à la Magiftrature & à la Patrie, & qui le feront toujours à ceux qui aimeront la gloire du Souverain & le bonheur des Peuples, deux chofes inféparables.

Cette nouvelle méthode d'enfeigner rédigée fous Henri IV, & par conféquent dans un tems où les Lettres étoient encore dans l'enfance, dut paroître imparfaite & infuffifante, lorfque ces mêmes Lettres furent portées fous Louis XIV, à ce degré de perfection qui a rendu fon régne auffi célèbre dans les annalles de l'efprit humain que dans celles de notre Nation.

Auffi l'Univerfité expofe-t-elle que la méthode d'enfeigner reçue dans fes Ecoles, éprouva alors de grands changemens ; mais elle obferve très-judicieufement, que cette réforme fut moins l'ouvrage de l'autorité que celui des Maîtres, & du progrès que les Sçiences avoient déja fait : elles doivent être furveillées par l'adminiftration ; mais elles ne doivent

---

(69) Dans fon Mémoire du 9 Janvier 1763, l'Univerfité avoit déja configné le principe contraire à celui que nous venons de voir pour la premiere fois éclorre dans le Mémoire rédigé par la Nation de Normandie, contre les Lettres Patentes du 20 Août 1767, & par cette Nation adreffée à Sa Majefté. L'Univerfité, bien éloignée d'adopter le fyftème féditieux de cette Nation, & de penfer comme elle, que l'Univerfité *eft fouveraine pour l'Education, qu'à elle feule appartient de faire des loix fur cette matiere,* avoit déclaré, que « les Statuts qu'elle obferve ne font point fon ouvrage, qu'elle les « tient de la main de fon Souverain, qu'ils portent l'empreinte de fon autorité royale, » & que la Cour les a confignés dans le Regiftre des Loix ».

Nota. Ce Mémoire de la Nation de Normandie, a été fupprimé par Arrêt du Confeil du 29 Avril 1768. Le Roi le caractérife ainfi dans le préambule de cet Arrêt : » Sa Majefté n'auroit pu voir, fans indignation, ladite Nation de Normandie aggraver par une » réclamation téméraire, des torts dont Sa Majefté lui a déja témoigné plufieurs fois fon » mécontentement, & ofer tout à la fois méconnoître les ufages de l'Univerfité, en donnant, fans le concours des Compagnies qui la compofent, un Mémoire fur des objets » qui leur font communs ; le refpect dû aux Loix du Royaume, en s'élevant avec indécence contre ce qui eft expreffément déterminé ; l'autorité que Sa Majefté a confié » à fon Parlement en voulant fe fouftraire au renvoi honorable pour l'Univerfité que les » Rois ont daigné faire à ce Tribunal des caufes qui la concernent ; enfin la Puiffance » Souveraine & Légiflative de Sa Majefté même, en attribuant à l'Univerfité le droit exclufif de fe faire des Loix & des Réglemens. »

pas être fervilement conduites. Il eſt une gêne qui leur feroit plus nuiſi- ble que le défaut de protection; & pourvu qu'elles ſoient encouragées avec diſcernement, elles acquierent d'elles-mêmes le dégré de perfec-tion dont chaque âge les rend ſuſceptibles.

C'eſt de cette méthode rédigée ſous Henri IV & perfectionnée en pluſieurs points, ſous Louis XIV, que l'Univerſité préſente le tableau dans ſes Mémoires; elle croit devoir déclarer en même-tems, qu'elle eſt auſſi ennemie de cette obſtination aveugle, qui ſoutient ſans raiſon-ner, tout ce qui eſt ancien, que de cet eſprit de nouveauté, qui ne cherche qu'à renverſer l'édifice élevé par nos peres, & que l'Univerſité caractériſe ſi bien, en diſant qu'il eſt » plus hardi à détruire qu'heureux à » édifier ».

Les principes, au contraire, que l'Univerſité ſe fait gloire de ſuivre, ſont ceux qui doivent diriger toute réformation. Chaque ſiécle demande des changemens néceſſaires, & les momens dans leſquels notre Monar-chie a eu plus d'éclat, ſont auſſi ceux ou les Sçiences ont pris un nou-vel eſſort, & l'enſeignement une nouvelle forme. Mais réformer n'eſt pas détruire: la méthode la plus imparfaite peut avoir des points eſſen-tiels: perfectionner un ouvrage, c'eſt lui ſuppoſer des parties a conſer-ver: tout ce qui eſt ancien ne menace pas ruine; & l'uſage, l'habitude, la routine même demandent à être ménagés, lors qu'on eſt obligé de les attaquer.

La Cour n'attend pas de moi que je ſuive l'Univerſité dans tous les détails dont ſa méthode eſt compoſée, & qu'elle a du conſigner avec la plus grande fidélité, dans un ouvrage deſtiné à nous la faire con-noître. Les deux Mémoires qu'elle a rédigés à ce ſujet, m'ont paru remplir ſupérieurement ſon objet; ils ſont, ainſi que je l'ai déja dit, l'extrait & l'abregé du Traité des Etudes du célébre Rollin; en con-ſéquence, je croirois utile de les faire imprimer, & de les adreſſer à tous les Bureaux d'Adminiſtration des Colléges; cet envoi même me paroît d'autant plus néceſſaire, que tous les Colléges du reſſort ont été aſſujettis par les Lettres Patentes qui les ont confirmés, à ſuivre la méthode & les uſages de l'Univerſité de Paris, & qu'ils demandent tous avec empreſſement qu'on les leur faſſe connoître. La néceſſité de faire imprimer ces Mémoires, & de les ſceller du ſceau de l'autorité de la Cour, que l'Univerſité réclame en leur faveur, eſt un nouveau motif pour me diſpenſer de me livrer à une diſſertation étendue ſur les différens uſages des Colléges; détails qui, à la vérité, ne ſont pas in-dignes de l'Adminiſtration, mais que je ne-crois pas devoir inférer dans le préſent Compte. Je me contenterai donc de joindre ici en note (70) la liſte des livres que l'Univerſité indique pour chaque Claſſe, &

---

(70) « Livres pour la Classe de Sixieme. «

» Les Mœurs de Tobie, & des Livres Moraux de l'Ancien Teſtament, les Evangiles

de defirer que non-feulement en Seconde , ainfi que l'Univerfité le propofe , mais encore dans toutes les Claffes fans aucune exception, l'on

» des Dimanches & Fêtes de l'année, le Catéchifme du Diocèfe, l'Hiftoire de l'Ancien
» Teftament , l'Abregé de la Grammaire Françoife, Principes de la Langue Latine ,
» Grammaire Grecque de M. Furgault , *Selecta è Veteri Teftamento Hiftoriæ* , *Colloquia*
» *facra* , les Epitres familieres de Cicéron , les Fables d'Éfope , de Phedre & de la
» Fontaine , *Aurelius Victor.*

» LIVRES POUR LA CLASSE DE CINQUIEME.

» Les Maximes de Tobie & des Livres Moraux de l'Ancien Teftament , les Évangiles
» des Dimanches & Fêtes de l'année , le Catéchifme du Diocèfe , l'Abregé de la
» Grammaire Françoife, les Principes de la Langue Latine, la Grammaire Grecque de
» M. Furgault ,*Cornelius Nepos* , Juftin , *Selectæ è profanis Hiftoriæ* , *Selecta è Cicerone*
» *præcepta* , &c. Les Fables d'Éfope , de Phèdre & de la Fontaine, les Petites Epitres
» tirées de différens Auteurs, la connoiffance de la Mythologie par demandes & par
» réponfes en François.

» LIVRES POUR LA CLASSE DE QUATRIEME.

» Maximes de l'Ecriture Sainte, Epîtres & Evangiles, Catéchifme de Paris, Principes
» de la Langue Latine, deuxieme Partie, Grammaire Grecque de M. Furgault, Abregé
» de la Grammaire Françoife, Fables d'Éfope, Evangile felon Saint Luc en Grec ,
» Dialogue de Ciceron fur la vieilleffe & l'amitié , Epitre de Cicéron à Quintus , les Para-
» doxes du même , préceptes de morale tirés de Ciceron , les Commentaires de Céfar,
» Ovide, les Bucoliques, les Georgiques de Virgile , Abregé de l'Hiftoire Romaine.

» LIVRES POUR LA CLASSE DE TROISIEME.

» Sentences ou Verfets tirés de l'Ecriture Sainte, Epîtres & Evangiles.

» *Le matin jufqu'à Pâques.*

» Les Traités de Cicéron fur les Offices, fur la nature des Dieux, les Tufculanes ;
» Lettres choifies à Atticus, les regles de la Profodie Latine, l'Hiftoire de Quinte-Curfe ,
» de Paterculus.

» *Le matin après Pâques.*

» Quelques Difcours de Cicéron, comme les Catilinaires , où pour la Loi de Mani-
» lius, l'Hiftoire de Salluſte , partagée en deux années.

» *Le foir jufqu'à Pâques.*

» Quelques Livres des Métamorphofes d'Ovide.

» *Le foir après Pâques.*

» Alternativement par année les Georgiques & les deux premiers Livres de l'Enéide de
» Virgile.

» Pour le Grec.

» Quelques Dialogues de Lucien , quelques endroits choifis d'Hérodote , les Difcours
» d'Ifocrate à Démonius & à Nycoclès , les Apophtegmes des Grands Hommes par
» Plutarque , les Racines Grecques.

» Pour le François.

» *Le Matin.*

» La Grammaire Françoife de Reftaut, à laquelle on joindra les remarques & obfer-
» vations des meilleurs Auteurs , à la fin de l'année les révolutions Romaines de M. de
» Vertot,

mette entre les mains des jeunes gens, des Hiftoriens François; c'eft la feule façon d'éviter un abus qui m'a toujours révolté; les jeunes gens

---

» *Le Soir.*

» Un Abregé de l'Hiftoire Grecque avec les remarques Géographiques & Chrono-
» logiques relatives à cet Hiftoire-

» **Livres pour la Classe de Seconde.**

» Sentences ou Verfets tirés de l'Ecriture Sainte, Epîtres & Evangiles.

» *Le matin jufqu'à Pâques.*

» Traité de Cicéron fur l'Orateur, ou partitions Oratoires.

» *Après Pâques.*

» Quelques Difcours de Cicéron, autres néanmoins que ceux qu'on eft en ufage de
» voir en Troifieme, quelques endroits choifis de la Cyropédie ou quelques vies des
» Hommes Illuftres de Plutarque.

» *Le Soir.*

» L'Enéide, alternativement les fix premiers, ou les fix derniers Livres.

» **Livres par année.**

» Les Odes ou les Satyres d'Horace alternativement, les Satyres de Boileau, quel-
» ques-unes des plus belles odes de Rouffeau, les plus beaux endroits de l'Iliade ou de
» l'Odyffée d'Homere, la Grammaire Françoife de Reftaut.

» Addition de plufieurs Livres, parmi lefquels on en pourra choifir quelques-uns pour
» la lecture.

» *Le Matin.*

» Difcours fur l'Hiftoire Univerfelle par M. Boffuet, Révolution de Portugal par
» M. l'Abbé Vertot, la Conjuration de Venife par l'Abbé de Saint Réal, l'Hiftoire de l'A-
» cadémie Françoife par M. Péliffon, Eloges Académiques par M. de Fontenelle, Gran-
» deur des Romains par M. de Montefquieu, &c. &c. &c.

» *Le Soir.*

» Abregé de l'Hiftoire de France.

» **Livres pour la Rhétorique.**

» L'Univerfité defireroit que les Maitres fe nourriffent des principes d'Ariftote, de
» Denis d'Halicarnaffe, d'Hermogene, de Longin, ou au moins qu'ils puifaffent leurs
» principes dans ceux de Ciceron & de Quintilien; qu'avec le fecours de ces Auteurs,
» ils redigeaffent un Abregé de Rhétorique, ou adoptaffent celle de quelque Maitre eftimé.
» En attendant qu'il paroiffe une Rhétorique qui réuniffe les fuffrages, ils pourront fe fervir,
» foit du Traité intitulé, *Præceptiones Rhetoricæ*, foit de celui qui a pour titre, *Rhetorica*
» *juxta Ariftotelis Doctrinam Dialogis explicatam.*

L'Univerfité recommande auffi le Traité des Etudes de M. Rollin, dont le fecond
volume, peut, fuivant l'Univerfité être regardé comme la vraie Rhétorique de l'Univerfité; & le 4 Janvier 1766, le Tribunal de l'Univerfité, à ce excité par une Délibération du Bureau d'Adminiftration du College de Louis-le-Grand, du 5 Décembre précédent, a délibéré » qu'étant conftant que la *Rhétorique Françoife* compofée par M. Cra-
» vier avoit été avant fon impreffion foumife à l'examen de perfonnes Académiques,
» l'on ne pouvoit trop en recommander la lecture à ceux qui aiment les bons prin-
» cipes.

qui fréquentent les Colléges, sçavent le nom de tous les Consuls de Rome, & souvent ils ignorent celui de nos Rois : ils connoissent les belles actions de Thémistocles, d'Alcibiade, des Décius, d'Annibal, des Scipion &c ; ils ne sçavent pas celles des Duguesclin, des Bayard, du Cardinal d'Amboise, des Turenne, des Montmorency & des Sully, &c. en un mot des grands hommes qui ont illustré notre Nation, & dont les exemples & les actions étant plus analogues à nos mœurs, & plus rapprochées de nous, leur feroient plus d'impression. Je voudrois de plus, que dans chaque Collége, l'on fit faire aux Etudians une Etude particuliere de l'Histoire de leurs Provinces, qu'on les instruisit des actions mémorables de leurs concitoyens, de leurs ancêtres : ces connoissances, ces instructions en quelque sorte domestiques, ne pourroient que les animer à ressembler à ceux qui leur tiennent de si près par les liens du sang, ou par ceux de la patrie. On pourroit aussi, en adoptant ce que propose (page 39) l'Auteur du Plan d'Education, dédié au Parlement de Dijon, ordonner que les Professeurs qui sont, par l'article 41 de l'Arrêt de Reglement du 29 Janvier 1765, chargés du discours de rentrée, seroient tenus chaque année, de faire l'éloge d'un des grands hommes qui auroient illustré leurs Provinces, & singuliérement de ceux qui y auroient pris naissance. Je voudrois enfin, que les Professeurs eussent soin que tous les devoirs qu'ils donnent à leurs élèves, continssent ou quelques principes de notre sainte Religion, ou quelques anecdotes de l'Histoire de France ; en apprenant ou se perfectionnant dans la connoissance des Langues Grecque, Latine & Françoise, les jeunes gens feroient presque sans s'en appercevoir, une

---

» PARMI LES ANCIENS.

» Démosthene, Isocrate, Salluste, Tite-Live, Tacite, Horace, & surtout son Art
» Poëtique, Virgile, Perse, Juvenal.

» PARMI LES MODERNES.

» Saint Cyprien, Saint Jérôme, Salvien, Lactance, Saint Basile, Saint Grégoire
» de Naziance, Saint Chrysostome, Bossuet, Fléchier, Mascaron, Fénélon, M. le
» Chancelier d'Aguesseau, Bourdaloue, Massillon, Boileau & surtout son Art Poëtique,
» les Tragédies Saintes & les Cantiques Sacrés de Racine, le Poëme de la Religion de
» de Racine fils, les Odes de Rousseau, ses Pseaumes.

L'Université recommande aussi de mettre entre les mains des Rhétoriciens les Pseaumes de David ; cet objet étant important, j'insérerai ici la portion du Mémoire de l'Université relative audit objet.

» Une prérogative particuliere à la Rhétorique, est de pouvoir puiser de grandes
» idées dans une source en même temps la plus abondante & la plus sûre.........
» de tems en tems le Professeur expliquera à ses Eleves quelques Pseaumes de David
» à l'intelligence du texte qu'il tirera des plus habiles Commentateurs approuvés, il
» joindra ses réflexions sur la maniere sublime dont sont traités les différens sujets de
» ces sacrés Cantiques. Les jeunes gens enchantés de la noblesse, de la variété & de la
» richesse des figures & des images, concevront un nouvel ordre de beauté, & comb
» bien l'inspiration Divine s'éleve au-delà des efforts de l'esprit humain,

collection précieuse de choses ou qu'il leur importe de sçavoir, ou qu'il est
honteux qu'ils ignorent ; c'est un des points importans que l'Auteur du
plan d'Ecole, pour former les Maîtres, discute dans sa troisiéme Lettre, &
je joindrai ici en note (71) ses observations sur cet objet. J'ajouterai
qu'il seroit aisé de rendre ces instructions plus utiles, en les rapprochant des principes & des faits que les jeunes gens trouveroient dans
leurs Auteurs, & en leur faisant appercevoir la différence des actions
qui n'avoient pour principes que des vertus payennes, d'avec celles
qu'ont produites des vertus épurées par la connoissance de la vraie Religion. Un Professeur appliqué à saisir toutes les occasions de former le
cœur & l'esprit de ses Eleves, trouvera aisément des moyens aussi
simples que solides, de s'occuper de ces deux objets importans. Pour
mieux leur inculquer dans la mémoire les principes & les faits insérés
dans les devoirs qu'il leur aura donnés, il leur fera, par exemple, apprendre en leçons, les endroits de nos meilleurs Poëtes qui y auront
rapport, ou qui contiendront ce qu'ils auront vû dans leurs devoirs (72).
Les Professeurs pourroient aussi, suivant la remarque de l'Université de
Bourges, tirer de grands secours même des Auteurs Payens, pour porter les jeunes gens à la vertu, en leur faisant remarquer la pureté de
la morale répandue dans quelques-uns des ouvrages des anciens, no-

(71) » La matiere des Thêmes (qui ne seront pas ce qu'on appelle Thêmes d'imitation)
» devroit être (comme le remarque l'Auteur des *Lettres, où l'on examine quel Plan*
» *d'Etude on pourroit suivre dans les Ecoles publiques* après M. Rollin) une matiere utile;
» on me permettra d'ajouter une matiere suivie. Ces Thêmes & les Versions travaillés
» tout exprès, seroient une instruction intéressante, presque sûre pour le profit, parce
» que les Composans y seroient long-tems appliqués, & s'y appliqueroient avec plaisir;
» ce qui n'est jamais lorsque la matiere des devoirs, quoique bonne, est une matiere
» vague, ou sans liaison d'un jour à un autre «, pages 10, 45 & 46.

(72) Je pourrois citer mille exemples de ce que je propose ; je me renfermerai dans
deux ou trois. Pour ce qui concerne les principes de notre Religion, les Tragédies
d'Esther & d'Athalie, le célébre Sonnet de des Bareaux, &c. Nos Auteurs ne sont pas
moins féconds en traits Historiques ; ils ont sçu avec art prêter à leurs Héros, les actions mémorables rapportées dans nos Histoires ; un des plus grands génies de notre sié-
cle (qui malheureusement n'a pas toujours fait un bon usage de ses talens) a dans
sa Tragédie d'Alzire, approprié à son sujet deux actions mémorables que fit le Duc de
Guise devant Orléans en 1563 : ayant découvert qu'un Soldat Protestant avoit voulu
attenter à sa vie, il lui dit : *Si ta Religion t'oblige à me tuer, la mienne m'oblige à te par-*
donner, & lui donna la facilité de passer dans l'armée de ceux de son parti. Assassiné peu
après par *Poltrot*, il lui pardonna sa mort. Faits historiques qui eurent la Religion pour
principes, & qui revêtus des charmes de la poësie, s'imprimeront plus facilement dans
l'esprit des jeunes gens, lorsqu'on leur fera apprendre les quatre Vers que Gusman mou-
rant adresse à Zamore.

> » Des Dieux que nous servons connois la différence ;
>
> » Les tiens t'ont commandé le meurtre & la vengeance ;
>
> » Et le mien, quand ton bras vient de m'assassiner,
>
> » M'ordonne de te plaindre & de te pardonner ».

tamment dans les Offices de Ciceron ; en rapprochant cettte morale de celle que notre Religion nous ordonne de fuivre, & en leur faifant fentir la fublimité & la fupériorité de celle de l'Evangile.

Je ne fais qu'indiquer ces objets qui m'ont paru les plus importans, & que je n'ai pas trouvés affez développés dans le plan d'Etude, préfenté par l'Univerfité. Je laiffe à des mains plus habiles à les mettre en œuvre ; pour moi je croirai avoir rempli mes obligations & l'attente de la Cour, fi après une expofition fuccinte de la Méthode d'enfeigner, fuivie dans les Ecoles de l'Univerfité, je me borne à des obfervations générales fur les objets & la forme de l'éducation publique. Mais avant que d'entrer dans ce détail, je crois devoir ne pas laiffer échapper une idée que propofe l'Auteur du Plan général d'inftruction, particuliérement deftiné pour la Jeuneffe du reffort du Parlement de Bourgogne ; j'aurois peut-être dû la placer dans la premiere Partie du préfent Compte, comme un moyen pour fuppléer, ou même pour parvenir à la formation d'une Maifon d'Inftitution ; mais l'on peut auffi la confidérer comme un moyen d'exciter l'émulation ; en conféquence je la joins ici en note (73), en obfervant que la Maifon d'Inftitution une fois établie, l'on ne pourroit pas adopter en entier ce que propofe l'Auteur du Plan d'inftruction dont je viens de parler ; mais ces Bourfiers feroient très-propres à former des Aggrégés, & dans les concours, à mérite égal, ils devroient avoir la préférence.

L'Univerfité rapporte l'Etude des Belles-Letttes, à deux objets principaux, la Grammaire & la Rhétorique. La Grammaire eft le premier, fecours dont l'efprit humain a befoin pour acquérir des connoiffances en tout genre ; c'eft par conféquent vers elle que le premier enfeignement doit être dirigé. Bornée dans les fiécles d'ignorance, à la Langue Latine, elle s'eft étendue fucceffivement dans les Ecoles de l'Univerfité à la Langue Grecque & à la Langue Françoife, & l'Etude de ces trois Langues s'y fait 1°. par l'enfeignement des régles de leur Syntaxe ; 2°. par la lecture & l'explication des Auteurs qui ont écrit dans ces langues avec élégance & pureté, 3°. par l'ufage des Thêmes & des Verfions.

« (73) Chaque Profeffeur de hautes Claffes choifira à la fin de fon Cours, avec
» l'agrément du Bureau Municipal, parmi ceux de fes Ecoliers qui fe feront le plus
» diftingués, deux Eleves, qui, à ce titre, recommenceront, fous le même Profeffeur,
» un nouveau Cours, tantôt répondant, tantôt donnant des Leçons, ou les expliquant
» en fa préfence ; après le choix qu'on en aura fait, il fera reçu Bourfier, & vivra,
» pendant le fecond Cours, aux dépens du College, qui lui donnera la nourriture & le
» logement feulement ; il fera Préfet de Chambre, & Répétiteur dans la Penfion.
» Après fes Cours il fera Répétiteur Externe, & recevra des Ecoliers tels appointe-
» mens qu'il plaira au Bureau Municipal de fixer une fois pour tout ; de-là il pourra,
» avec ceux de fon Ordre, concourir aux Chaires qui vacqueront ; & en cas d'égalité
» de talens, la Chaire fera donnée au plus ancien.

. » Après que le Cours d'Humanités fera fini pour la premiere fois, tous les Profef-
» feurs d'Humanités choifiront parmi ceux qui auront fait le nouveau Cours tout entier,
» quatre Eleves, qui feront Bourfiers & Répétiteurs de Penfions pendant deux ans,
» puis fubrogés dans les Places vacantes de Maîtres & de Répétiteurs Externes, &
» qui enfin, lorfqu'il vacquera une Chaire d'Humanités, concourront à celle de Sixie-
» me (pages 25-27) ».

lorfque

Lorſque les Eleves de l'Univerſité ont employé quatre années (74) à
ces différens exercices, elle les fait paſſer dans une Claſſe appellée, tantôt la Seconde, tantôt la Claſſe des Humanités, qui deſtinée à ménager une intervalle entre l'Etude des Langues & celle de l'Eloquence,
ſert à fortifier les jeunes Grammairiens dans les connoiſſances qu'ils ont
acquiſes, & à les préparer à en acquérir d'un genre plus relevé.

La Rhétorique, en effet, a pour objet l'art de parler; cet art conſiſte
comme tous les autres en préceptes & en exemples. L'Univerſité puiſe
les préceptes dans Ciceron & dans Quintilien, & les exemples dans tout
ce qu'il y a eu d'Orateurs célébres parmi les Grecs, les Romains & les
François; ces préceptes & les exemples préſentés aux jeunes Rhétoriciens, par un Maître habile & attentif, leur ouvrent tous les tréſors de
l'Eloquence, & leur ſervent en même-tems de modèle & de regle dans
les différentes compoſitions auxquelles on les exerce chaque jour, &
qui embraſſent tous les genres d'ouvrages auxquels l'art de perſuader
peut être employé. Peut-être parviendroit-on plus aiſément à former
l'eſprit & le goût des jeunes gens, ſi, ainſi que le propoſe le Miniſtère
public de Dijon, on ordonnoit que l'on ſe ſervît toujours en Rhétorique
d'exemples François (75).

Lorſque j'ai dit que l'Univerſité rapportoit l'Etude des Belles-Lettres à
deux points principaux; la Grammaire & la Rhétorique, je n'ai pas pré-
tendu inſinuer qu'elle exclût de ſon enſeignement toutes les autres parties de la Littérature, telles que l'Hiſtoire & la Poëſie, & encore moins
cette Science ſi néceſſaire à l'homme, & qu'il ne ſçauroit apprendre de
trop bonne heure; la Science des Mœurs & de la Religion : l'Univerſité

---

(74) J'ai trouvé dans le Mémoire ſur l'Education, du Miniſtere public de Dijon une
obſervation que j'adopte volontiers. M. de Morveaux propoſe, page 50, « de ſuppri-
» mer la premiere Claſſe, que l'on appelle la Sixieme, dans tous les Colleges des petites
» Villes, parce qu'en reculant l'Education publique, on rendra celle qui la précede plus
» néceſſaire & plus couteuſe, & l'on forcera ceux qui y viennent, moins pour y pren-
» dre de l'inſtruction, que pour y trouver de l'occupation, à ſe livrer tout de ſuite à
» des travaux plus conformes à leurs états ».

(75) Cette idée eſt très-bien développée par M. de Morveau; ce qui m'a engagé à
joindre ici les motifs qui l'ont décidé à propoſer ce changement; ils ſont détaillés dans
le Paragraphe 5, Section 2ᵉ, Article 4, où il s'exprime ainſi : « Un autre principe
» également important au ſuccès de l'enſeignement de cet Art, eſt, que l'on doit
» ſe ſervir principalement d'Exemples François pour l'application des Régles, & qu'il
» faut plus ſouvent exercer les Eleves en leur Langue Maternelle qu'en toute autre :
» c'eſt moins pour le progrès de l'utilité de la Langue Françoiſe que je le conſeille ici,
» que pour la Rhétorique en elle-même : qui ne conçoit en effet, qu'un jeune homme
» écoutera avec plus de curioſité & d'intérêt, ſaiſira avec plus de facilité & de juſteſſe,
» les remarques qu'on lui fera faire ſur un Texte François, que ſur un ouvrage qu'il
» faut expliquer lentement, de maniere qu'on perd de vue ce qui précéde, & qu'en
» s'appeſantiſſant ſur chaque morceau, on ne ſoupçonne pas même les beautés de
» rapport & la néceſſité de l'enſemble; ſans cela cependant quelle idée peut-on prendre
» de l'invention & de la diſpoſition » ?

K

déclare au contraire que la premiere Loix qu'elle impofe aux Maîtres, eft de mettre entre les mains des enfans, une partie des divines Ecritures, avec le Catéchifme du Diocèfe, & de leur apprendre dans le plus grand détail l'Hiftoire, les Dogmes & les Préceptes de la Religion. L'Arrêt du 29 Janvier 1765, leur en fait auffi une obligation. A l'égard de l'Etude de l'Hiftoire, & notamment de celle de France; elle doit, ainfi que je l'ai déjà obfervé, commencer dans les Colléges dès la Sixieme, & ne finir qu'en Rhétorique. Quant à la Poëfie, peu content de donner des Leçons fur la Profodie de chaque Langue & le Méchanifme de leurs Vers; l'Univerfité fait encore lire & expliquer aux jeunes gens les meilleurs Poëtes qu'elles ayent produits, & les exerce à tous les genres de Poëfie dont ils font capables.

L'Univerfité, en appliquant fes Eleves aux différens objets de fon enfeignement, n'a pas oublié que leur âge les rend légers & inconftans, que leur foibleffe fe rebute des moindres difficultés qu'ils rencontrent dans la carriere des Sciences, & qu'on ne peut leur communiquer cette ardeur généreufe qui furmonte tous les obftacles, qu'en mettant en œuvre le puiffant reffort de l'émulation. Les moyens que l'Univerfité employe pour l'exciter, font les exercices Littéraires; les compofitions de chaque mois, accompagnées de diftinctions flatteufes; celles de la fin de l'année dans chaque Collége; enfin cette diftribution folemnelle de prix, établie par Arrêt de la Cour du 8 Mars 1746, qui fe fait chaque année en la préfence de la Cour, & qui fur-tout, au moyen du prix fondé en 1749 par le fieur Coignard, pour les Maîtres-ès-Arts, n'eft pas moins utile pour entretenir l'émulation parmi les Maîtres, que parmi les jeunes gens.

Ainfi les premieres années font partagées en fix Claffes, que chaque Ecolier parcourt fucceffivement & fous différens Maîtres, & dont la Rhétorique eft le complement & la perfection. Dans les premieres on acquiert la connoiffance des Langues; dans la derniere on s'inftruit dans l'art d'en faire ufage pour toucher, perfuader, ou convaincre; & dans chacune le Profeffeur eft obligé de joindre à l'objet principal de l'inftruction, tout ce qu'exige l'Etude de la Religion & de l'Hiftoire.

A ces fix Claffes fuccédent deux années de Philofophie. Ici le Maître fuit fes Ecoliers, & leur montre fucceffivement les quatre parties entre lefquelles l'Univerfité divife toute la Philofophie.

Ces quatre parties font la Logique, la Métaphyfique, la Morale & la Phyfique; les trois premieres roulent fur des chofes abftraites & relatives aux efprits, la Phyfique a les Corps pour objets, & l'Univerfité remarque que l'Etude de chacune de ces parties porte fur deux pratiques également effentielles, l'obfervation & le raifonnement, dont l'une fixe les Principes, & l'autre les développe & les étend.

L'enfeignement de ces quatre parties fe fait en Langue latine, & la Méthode Scholaftique qu'on y employe, eft la même que celle qui eft ufitée dans les Facultés fupérieures, auffi la Philofophie ouvre-t-elle l'entrée de ces Facultés, & ces deux dernieres années forment le corps complet des Études de la Faculté des Arts.

On ne peut disconvenir que ce plan d'Etudes ne mérite à bien des égards les éloges que lui donne l'Université; c'est à cette forme d'enseignement que les Lettres doivent le lustre & l'éclat qu'elles ont reçu dans le Royaume, & l'on doit sans doute, mettre un grand prix au témoignage des Maîtres qui déposent en sa faveur. Qu'il me soit cependant permis de hazarder quelques réflexions, ou plutôt de proposer des doutes qui me semblent devoir être éclaircis. Quelque bonne que soit l'éducation publique, on ne peut nier qu'elle ne puisse être ameliorée. Le principe qui donne naissance au bien, n'est pas toujours celui qui mene à la perfection ; si on ne peut y arriver, il faut du moins y tendre. A quelques observations que j'ai déjà faites d'après le Ministere public de Dijon, je crois donc devoir en joindre encore quelques autres; mais je ne les présenterai que comme des problêmes utiles à résoudre sur une matiere aussi intéressante. Je ne prétends en effet ni censurer le systême actuel de l'éducation publique, ni en proposer un nouveau, je prétends seulement m'éclairer par les lumieres supérieures de la Cour, par celles mêmes des Membres de l'Université, qui en ces matieres, sont sans aucune difficulté les premiers à consulter.

La premiere difficulté qui se présente à mon esprit, porte sur les bornes & sur l'uniformité du Plan que l'Université a exposé. J'y vois tous les jeunes gens entrer dans la même carriere, suivre le même cours de Classes dans le même nombre d'années, & dans un espace étroit, tendre tous au même genre & au même dégré de connoissances ; & cependant parmi les jeunes gens réunis dans le même Collége, j'en vois de différentes conditions, qui doivent remplir des emplois différens, & dont la destinée doit être aussi variée que leur naissance & leur fortune. Les connoissances nécessaires aux uns, peuvent être inutiles pour les autres, & la différente portée des esprits, la variété des talens & des goûts, ne permettent pas à tous d'avancer d'un pas égal, & d'avoir de l'attrait pour les mêmes Sciences ; faut-il que celui qui n'a ni goût pour l'Etude des Langues ni besoin de les cultiver, reste sans culture & sans instruction ? Les Ecoles publiques ne sont-elles destinées qu'à former des Ecclésiastiques, des Magistrats, des Médécins & des Gens de Lettres ? Les Militaires, les Marins, les Commerçans, les Artistes sont-ils indignes de l'attention du Gouvernement, & parce que les Lettres ne peuvent se soutenir sans l'Etude des Langues anciennes, cette Etude doit-elle être l'unique occupation d'un peuple instruit & éclairé ?

Il me semble au contraire que dans un Collége public, ou plutôt que dans ceux qui seroient situés dans les Villes où seroient placées les Universités de la premiere Classe, dont j'ai parlé dans la premiere Partie du présent Compte, toutes les Sciences devroient avoir leur enseignement ; il me semble que la Religion, l'Histoire, les Mathématiques, le Dessein, la Tactique, la Navigation (76) & les Langues étrangeres, devroient y

---

(76) Par les Lettres Patentes du 20 Juin 1765, registrées au Parlement de Rouen le

avoir des Profeſſeurs diſtinđs & ſéparés ; il me ſemble que le Commerce & les Arts devroient y trouver les connoiſſances qui leur ſont néceſſaires ; il me ſemble enfin qu'il devroit être poſſible aux Parens & aux Maîtres, de proportionner aux talens & aux beſoins des jeunes gens, l'éducation qu'ils doivent recevoir. Rien ne me paroît ſi important, que de connoître de bonne heure les inclinations de la Jeuneſſe, & l'état auquel la Providence les a deſtinés. Tous les Pays ne peuvent recevoir la même culture ; ſouvent les talens s'annoncent long-tems avant que de ſe développer, & je ne crains pas d'avancer que dans les Colléges le plus grand nombre des jeunes gens perdent le tems qu'ils y paſſent, les uns pour avoir appris ce qu'il leur étoit inutile, & quelquefois nuiſible de ſavoir ; les autres pour n'avoir pas été inſtruits de ce qu'il leur auroit été eſſentiel d'apprendre.

Si une telle idée pouvoit avoir lieu, les Colléges ne ſeroient plus compoſés d'un petit nombre de Profeſſeurs, tous occupés du même enſeignement. Chaque Science auroit ſes Maîtres particuliers ; chacune pourroit même être diſtribuée en différens Cours (77) pour ne pas ſe confondre, & ne ſe pas nuire réciproquement. La Partie de l'Education qui regarde les Mœurs ſeroit commune à tous ; l'inſtruction ſeule ſeroit différente ; ce ſeroit alors que l'éducation publique ſeroit vraiment intéreſſante ; elle offriroit à tous les états & à tous les eſprits, les connoiſſances dont ils auroient beſoin ; nul talent ne ſeroit perdu pour la Société, & chacun pourroit, ſuivant les ſouhaits que forme l'Abbé Peliſſier, dans ſon troiſieme Mémoire (page 18), ſe mettre à portée de contribuer au bien général, ſelon l'étendue de génie & de lumieres qu'il auroit reçus. Ce n'eſt point la faute de la nature ; elle eſt plus libérale qu'on ne penſe : c'eſt la faute de l'éducation, ſi tous les hommes ne ſont point en valeur, les principes de la fertilité, ſont cachés ſous des friches, qui n'attendent qu'une main habile pour produire les fruits les plus abondans.

Il paroît que l'Univerſité a ſenti une partie de ces inconvéniens, & c'eſt ſans doute par cette raiſon qu'elle a fait entrer l'étude de la Religion & de l'Hiſtoire dans le Plan qu'elle ſe propoſe de ſuivre : elle a compris que toute éducation qui ne réuniſſoit pas ces deux objets, ſeroit trop évidemment imparfaite ; elle a donc fait à ſes Profeſſeurs une loi de ne les pas négliger ; mais (& c'eſt la ſeconde remarque que j'ai à faire ſur

---

30 Juillet ſuivant, & portant confirmation du College de Roüen, le Roi à permis aux Adminiſtrateurs de ce College d'y établir une Chaire d'Hydrographie, à la charge que le Profeſſeur ne pourra commencer l'exercice de ſes fonctions, qu'il n'ait ſur ſon Acte de nomination, obtenu l'attache du grand Amiral.

(77) Voyez ci-deſſus, Note 29, la diviſion des Cours, propoſés par l'Auteur, qui a remporté, en 1763, le Prix des Jeux Floraux. A ceux qu'il indique dans l'endroit qui forme ladite Note 29 du préſent Compte, l'Auteur a ajouté, dans la ſuite de ſon ouvrage, deux Cours ; l'un pour le *Droit*, l'autre pour la *Médecine* ; ce qui n'empêche pas que ſa diviſion ne ſoit incomplette. Il a oublié le Cours d'*Hiſtoire Ancienne & Moderne*, tant *Sacrée que Profane*, celui d'*Hiſtoire Naturelle*, celui *de Droit Public*, & des *Libertés de l'Egliſe Gallicanne*.

le plan de l'Univerfité), a-t-elle pris le meilleur moyen de remplir des Seconde Partie.
vues auffi utiles, & les jeunes gens feront-ils réellement inftruits de la
Religion & de l'Hiftoire, lorfqu'ils ne recevront, fur l'une & fur l'autre, *Méthode.*
que les leçons fuperficielles des Profeffeurs des Langues ?

La Religion étant le vrai fondement de la Morale, & par conféquent le
principal garant de la fidélité des fujets envers l'Etat, & de leur probité
les uns envers les autres, l'intérêt général demande qu'elle foit (au moins
dans les Colléges principaux) l'objet d'un enfeignement particulier, &
qu'en fortant de leurs Etudes, les jeunes gens foient non des Docteurs
& des Théologiens, mais des Chrétiens inftruits & capables de fe défendre un jour des piéges de l'incrédulité. Si la Religion approfondie eft
au-deffus de l'âge qu'on paffe au Collége, fes principes ne font pas hors
de la portée des jeunes gens ; & fi l'on veut qu'ils y reftent attachés toute
leur vie, il faut qu'ils en reçoivent dans l'enfance les premieres notions,
& que dès leurs premieres années, elle leur foit au moins préfentée avec
affez d'ordre, de clarté & d'étendue, pour qu'ils puiffent connoître les
faits fur lefquels elle eft établie, &les témoignages qui dépofent en fa
faveur ; les dogmes qu'elle enfeigne, & les devoirs qu'elle impofe ; les
avantages qu'elle nous procure, & les maux dont la tranfgreffion de fes
préceptes feroit fuivie. Or peut-on attendre un pareil enfeignement des
Profeffeurs de Grammaire, forcés par la nature même de leur travail à ne
parler de la Religion & de la Morale, que de loin en loin, fans ordre, fans
méthode, & à mefure que les occafions s'en préfentent? N'eft-il pas évident que leurs Eleves ne peuvent recevoir d'eux, fur un objet auffi important, qu'une inftruction vague, confufe, fuperficielle, plus propre
peut-être à leur donner de fauffes notions, que des idées juftes & précifes.

J'en dis autant de l'Hiftoire, qui dans l'Univerfité eft tellement fubor-
donnée à l'étude de la Grammaire, qu'elle ne s'apprend que par la lecture
des mêmes Auteurs où fe puife la connoiffance des Langues. Quand
elle feroit renfermée toute entiere dans les Auteurs, comme ils font en
grand nombre, & que le Maître dans l'explication qu'il en fait eft obligé de
s'arrêter furtout ce qui à rapport à la pureté & à l'élégance de la diction ;
il eft évident qu'il ne peut préfenter à fes Eleves que des morceaux choifis,
détachés & incapables de leur donner une connoiffance fuffifante de
l'Hiftoire ancienne & moderne.

Je fçai que l'Univerfité pourroit fuppléer à fa méthode, en adoptant les
obfervations que j'ai faites au commencement de cette partie ; & même
par des traités particuliers fur la Religion & fur l'Hiftoire : mais fi ces
traités font donnés par le Profeffeur de Grammaire, ou ils feront mal-
faits, ou ils feront mal enfeignés. L'expérience a toujours prouvé qu'un
Profeffeur ne montre bien qu'une feule chofe, & qu'il néglige pour l'ordinaire tout ce qu'il fe croit en droit de ne regarder que comme acceffoire
à fon emploi.

D'ailleurs pour qu'un Profeffeur de Grammaire puiffe être chargé
de l'enfeignement de la Religion & de l'Hiftoire, il faut qu'il foit verfé

jufqu'à un certain point dans ces deux genres de connoiſſances ; mais on a déja bien de la peine à trouver des hommes, qui poſſédent affez bien les Langues Latine, Grecque & Françoiſe, pour pouvoir en donner des Leçons. Que fera-ce ſi l'on exige de ces mêmes hommes qu'ils ſoient également profonds dans l'Hiſtoire & dans la Théologie ? Car l'une ne ſçauroit être enſeignée avec trop de détails ; & l'exactitude que l'autre exige ne permet pas, même dans une inſtruction ſommaire & bornée, d'être ſuperficiel.

Veut-on ſe convaincre encore mieux que la méthode de l'Univerſité eſt ſuſceptible de perfection ſur le point dont il s'agit ? Qu'on jette les yeux ſur les jeunes gens qui ſortent de ces Colléges : on ne trouvera à la plûpart d'entr'eux qu'un petit nombre de notions confuſes ſur l'Hiſtoire ancienne, & une ignorance preſque profonde de l'Hiſtoire moderne ; & à l'égard de la Religon, on s'appercevra avec douleur, que la plûpart ne ſont pas auſſi inſtruits qu'ils devoient l'être pour réſiſter au torrent de l'incré‑ dulité.

Le bien de l'éducation demanderoit donc que l'enſeignement de la Religion & de l'Hiſtoire (78) fût confié à deux Profeſſeurs particuliers ; ces deux Claſſes ſe ſeconderoient mutuellement ; car tandis que le Pro‑ feſſeur de Religion trouveroit dans le développement de l'Hiſtoire Sacrée des dates, des époques & des événemens utiles au Profeſſeur d'Hiſtoire ; celui-ci dans l'enſeignement même de l'Hiſtoire profane trouveroit à chaque inſtant des faits capables d'imprimer de plus enplus dans les jeunes gens, l'amour de la Religion & des Mœurs,

---

(78) M. de Morveau inſiſte beaucoup pour l'établiſſement d'une Chaire d'Hiſtoire : « Tenons (dit-il Section 2ᵉ, Article 3, page 180) pour conſtant que tout Plan d'Edu‑ » cation publique eſt vicieux, s'il ne comprend les Élémens de l'Hiſtoire, & que dans » tous les Colleges, il eſt indiſpenſable d'établir un Cours particulier ſur cette matiere » . . . . La ſcience de l'Hiſtoire eſt une de celles que l'on n'enſeigne que bien » imparfaitement, lorſqu'on n'en ſçait que ce qui eſt dans le Livre que l'on donne ; c'eſt‑ » là ſurtout où les converſations familieres du Maitre deviennent des Leçons précieu‑ » ſes pour les Eleves ; ainſi il ſeroit à ſouhaiter qu'au moins dans les grands Colleges il » y eût un homme conſacré à cette partie. Ou cela ne ſe pourra, ce ſera au Régent de » Seconde à y ſuppléer : ſes matériaux une fois préparés, il ne ſera gueres plus char‑ » gé, puiſque ſon travail ſera toujours en proportion de celui de ſes Eleves, & que ſans » toucher à la durée des Claſſes, je ne fais que changer la diſtribution des heures ». L'en‑ ſeignement de cette ſcience eſt un des objets le plus recommandé par le célebre Rollin. D'après les préceptes de ce grand homme, & pour s'y conformer, le Prédéceſſeur du ſieur Second (Principal actuel du College du Pleſſis) avoit engagé le ſieur Philippe, homme de Lettres très-connu, à faire dans ſon College tous les jours de Dimanches & Fêtes, un Cours particulier ſur l'Hiſtoire Sacrée & Profane. Ces Leçons ont duré juſ‑ qu'à ce que le ſieur Second ſoit devenu Principal de ce College : avant de faire ces Cours au Pleſſis, pendant qu'il les faiſoit, & depuis qu'il les a ceſſés, le ſieur Philippe a toujours continué de donner gratuitement tous les ans chez lui un Cours d'Hiſtoire. Voyez ſon Plan dans l'Année Littéraire 1767, page 326-334. Ce qui eſt rapporté dans cette Feuille Périodique eſt très-exact, & doit faire deſirer que ſi l'on établiſſoit dans l'Univerſité de Paris une Chaire d'Hiſtoire, elle fût confiée au ſieur Philippe.

Une obſervation importante & qui m'a échappé juſqu'à ce moment, c'eſt que le Profeſſeur d'Hiſtoire ne doit s'occuper que de l'Hiſtoire profane, l'Hiſtoire ſacrée eſt du reſſort du Profeſſeur de Religion; l'on ne peut en effet enſeigner utilement celle-ci ſans y réunir les faits, car comme le remarque le Miniſtere public de Dijon dans ſon Mémoire ſur l'Education » la premiere Loi pour l'inſtruction de la Religion, eſt de ne » jamais détacher les myſteres des faits, de les lier au contraire perpé- » tuellement par la Chronologie & l'Hiſtoire, ſans leſquelles on ne » peut donner que des idées confuſes ſur JESUS-CHRIST, ſur l'Evangile, » ſur l'Egliſe, ſur la néceſſité de ſe ſoumettre à ſes déciſions, & ſur le » fond des vertus du Chriſtianiſme. C'eſt ainſi que Saint Auguſtin vou- » loit que l'on inſtruiſit les ignorans; c'étoit avant lui la Pratique uni- » verſelle de l'Egliſe; elle conſiſtoit à montrer par la ſuite de l'Hiſtoire, » la Religion auſſi ancienne que le monde; Jeſus-Chriſt attendu dans » l'Ancien Teſtament, & Jeſus-Chriſt regnant dans le nouveau; c'eſt le » fond de l'Inſtruction Chrétienne «.

Si on me demande comment ces deux Profeſſeurs pourront fournir leur carriere, je dirai que la Géographie, l'Hiſtoire ancienne & moderne & particuliérement celle de notre Pays, ouvrent à l'un un champ aſſez vaſte pour être parcouru en pluſieurs années, & que pour l'autre le Catéchiſme de chaque Diocèſe, le Catéchiſme Hiſtorique de Fleury, celui de Montpellier, l'Hiſtoire de la Bible & celle de l'Egliſe, ſont des Livres qui demandent du tems, de la ſuite & de l'attention pour être lus & retenus avec fruit & utilité.

Si on me demande encore comment ces Claſſes nouvelles ne nuiront point à celles des Langues, je dirai qu'elles ont déja lieu dans un Collége où l'on en a ſenti l'utilité; que dans ce Collége les Profeſſeurs des Langues ont deux jours de congé, tandis que les Ecoliers n'en ont qu'un, que c'eſt en profitant de ce jour de congé, (qui varie pour chacune des Claſſes) que ceux d'Hiſtoire & de Religion trouvent le moyen de donner par ſemaine deux inſtructions à tous les Eleves de ce Collége; qu'enfin, ſans recourir à un uſage qui pourroit trouver des difficultés, & auquel l'on reprochera peut-être la nouveauté, quoi qu'il ſoit ſuivi avec fruit dans le Collége de Toulouſe (79), il eſt certain que ſi les Pro-

SECONDE PARTIE.
Méthode.

---

(79) J'ai deſiré de connoître en détail comment les Profeſſeurs de Religion & d'Hiſtoire inſtruiſoient à Toulouſe leurs Eleves, ſans que les autres études en ſouffriſſent; je me ſuis adreſſé à un Membre du Bureau d'Adminiſtration, & je vais inſérer ici les éclairciſſemens qu'il m'a donnés à ce ſujet.

« Les Chaires (porte le Mémoire qui m'a été adreſſé) de Religion & d'Hiſtoire, » ſont établies au College de Toulouſe, par Délibération du Bureau d'Adminiſtration; » long-temps avant les Lettres Patentes, portant confirmation de ce College, (qui » ne ſont que du 17 Novembre 1764); dès que l'Edit ſur les Colleges (de Février » 1763) parut, & qu'il fut queſtion de former celui de Toulouſe, nous crûmes qu'il » étoit utile de donner un enſeignement particulier à la Religion & à l'Hiſtoire trop né- » gligées dans l'Education publique : en conſéquence nous nommâmes deux Profeſſeurs,

  feffeurs des Langues doivent employer (comme le propofe l'Univerfité)
la cinquieme & fixieme partie de leur Claffe , à l'étude de l'Hiftoire & de

» & nous demandâmes que leur Inftitution fût confacrée par les Lettres Patentes. Nous
» nous adreflâmes pour cet effet aux perfonnes que Sa Majefté a chargées de lui pro-
» pofer ce qu'elles croient utiles pour perfectionner l'Education ; en approuvant notre
» Plan, elles ne crurent pas devoir propofer au Roi d'ordonner l'établiffement de ces
» Chaires ; elles nous obferverent que fouvent ce qui dans le premier moment paroît
» utile, fe trouve par la fuite avoir des inconvéniens ; elles penferent qu'il étoit à pro-
» pos de continuer, en quelque forte, l'effai que nous avions commencé, qui, (s'il
» réuffiffoit) ferviroit de modèle pour faire de pareils établiffemens dans d'autres Colle-
» ges. Comme cependant il étoit utile, & même néceffaire, que les Claffes fuffent léga-
» lement autorifées, le Roi, d'après le Compte qui lui a été rendu de ce qui fe prati-
» quoit dans notre College, a bien voulu permettre en général au Bureau d'Adminif-
» tration d'établir telle Chaire qui feroit jugée convenable, en faifant homologuer au Par-
» lement ledit Etabliffement. En vertu de cette liberté, nos Profeffeurs de Religion &
» d'Hiftoire, ont continué d'enfeigner. Le Parlement a même provifoirement approuvé
» un Etabliffement formé par un Bureau d'Adminiftration, dont, d'après l'Edit de Fé-
» vrier 1763, le Premier Préfident & le Procureur Général font Membres, en homolo-
» guant le Réglement qui détermine le tems de la Leçon de ces Profeffeurs ; mais nous
» ne lui avons demandé d'autorifer définitivement cet Etabliffement , qu'après l'avoir
» effayé pendant quelques années, & l'avoir porté à un point de perfection dont il nous a
» paru fufceptible.
    » A l'égard du Réglement de ces Profeffeurs, il a fallu un peu de tournure pour que
» leur établiffement ne nuife point au train commun de l'inftruction : pour cet effet, il
» n'y a dans le College qu'un feul jour de congé pour les Ecoliers, & c'eft le Jeudi toute
» la journée ; mais il y en a deux pour les Maîtres, & c'eft le jour de congé fucceffif
» pour les Régens ordinaires, qui laiffe du tems à ceux de Philofophie & d'Hiftoire.
    » Ainfi le Lundi matin le Profeffeur de Cinquieme n'entre point ; mais fes Ecoliers
» entrent, & dans la même Claffe le Profeffeur de Religion & d'Hiftoire enfeignent l'un
» après l'autre, chacun pendant une heure & un quart, la Claffe entiere étant de deux
» heures & demie.
    » La même chofe fe fait le Lundi au foir pour la Quatrieme ; le Mardi au matin pour
» la Troifieme ; le Mardi au foir pour la Seconde ; & le Mercredi matin pour la Rhéto-
» rique. Le Mercredi au foir la Cinquieme recommence, & le Vendredi & Samedi les
» autres Claffes fucceffivement.
    » Par-là les Claffes de la Religion & d'Hiftoire ne comprennent que cinq années ;
» chaque Ecolier de ces cinq années a par femaine deux Claffes, d'une heure & un
» quart chacune, pour la Religion & pour l'Hiftoire ; &, comme les autres Profeffeurs
» ne font plus obligés d'enfeigner expreffément ces deux fciences, les huit Claffes ref-
» tantes de la femaine fuffifent aux Ecoliers, tandis que les Maîtres trouvent dans les
» deux Claffes de congé un tems qui peut leur être néceffaire.
    » Chaque Profeffeur de Religion & d'Hiftoire a cinq Claffes différentes à enfeigner,
» & ces cinq Claffes, que chaque Ecolier parcourt en cinq années, forment un Cours
» compofé de deux leçons par femaine, & qui doit fuffire pour l'objet qu'on fe pro-
» pofe. Dans la Sixieme on voit le Catéchifme du Diocèfe. Le Cours de Religion qui
» commence a la Cinquieme, doit préfenter une inftruction plus étendue. On y fuit
» maintenant le Catéchifme de Montpellier, qu'on explique & qu'on apprend . . . .
» Ce qui nous manque le plus, ce font les Livres Elémentaires. L'Hiftoire doit auffi four-
» nir un Cours complet dans cinq années ; Ces Claffes ont leurs exercices particuliers,
» qui tiennent tous à la mémoire. Chacun de ces Profeffeurs a bien l'air d'être plus gêné
» que les autres, puifqu'il entre tous les jours, excepté le Jeudi. Mais il y a une compen-

la

la Religion, ce même tems peut être accordé au Profeſſeur particulier, qui l'employera avec plus de fruit & d'avantage.

J'ajouterai que ce nouvel établiſſement me paroît d'autant plus deſirable, que n'étant pas une ſurcharge pour ceux qui étudient les Langues, puiſqu'ils ne font que changer de Profeſſeurs & non pas d'enſeignement; il fournit en même-tems une partie de ce que j'ai déjà indiqué comme néceſſaire; ſçavoir, le moyen d'occuper utilement les jeunes gens dans qui l'on ne trouveroit nulle diſpoſition pour l'étude des Langues, ou que leurs parens ne jugeroient pas à propos d'y appliquer. Attachés uniquement aux deux Claſſes de Religion & d'Hiſtoire, ils y puiſeroient des connoiſſances dont quelques unes font néceſſaires au bonheur de l'homme, & qui lui font toutes utiles, quel que ſoit l'état qu'il embraſſe dans la ſuite, & le genre de talens quil ait reçu de la nature.

D'un autre côté le Profeſſeur de Grammaire, déchargé de l'obligation d'enſeigner à ſes Eleves la Religion & l'Hiſtoire, ſe livreroit tout entier à l'inſtruction dont il feroit chargé, il auroit plus de tems pour préparer ſes Leçons, ou pour leur donner toute l'étendue qu'elles doivent avoir, & il pourroit parvenir à rendre ſes ſoins encore plus heureux qu'ils ne l'ont été juſqu'ici; car, (& c'eſt une obſervation à laquelle on ne peut ſe refuſer) l'étude des Langues eſt très - négligée depuis quelque tems parmi nous; ne pourroit-on pas même aſſurer que les Univerſités étrangeres ont à cet égard ſur les nôtres une ſupériorité que nous ne pouvons trop tôt chercher à leur enlever?

Je commence par l'Etude du Grec (80), ſi négligée aujourd'hui par les

---

» ſation, en ce que chaque jour il n'entre qu'une heure & un quart pour chaque Claſſe,
» au lieu que les Profeſſeurs ordinaires entrent deux heures & demie.

» Lorſqu'il y a une Fête dans la ſemaine, elle ſert de jour de congé, & il n'y en a
» point d'autres; lorſqu'il ſe trouve deux Fêtes c'eſt la Claſſe qui auroit dû ce jour là re-
» cevoir les Leçons de Religion & d'Hiſtoire ſur qui tombe le *déficit*. Mais cela eſt bien
» rare, & n'arrive gueres que deux ou trois fois l'année; car, excepté les Fêtes, nulle
» raiſon ne dérange le jour de congé, & ne les multiplie. Nous ſommes ſur cet article
» d'une grande ſéverité; le Principal n'en peut donner aucun ſans le conſentement du
» Bureau; & lorſque le Parlement, la Ville, une perſonne conſidérable, vient dans le
» College pendant le courant de l'année, & demande un congé, on ne le refuſe pas;
» mais ces différens congés ſont tous remis à la fin de l'année, & en accroiſſement de
» vacances.

» Le Parlement a autoriſé cet arrangement, qui conſerve à chacun les égards qui ſont
» dus, ſans nuire aux Etudes; & pour que cet accroiſſemement de vacances ne porte
» aucun préjudice, elles ſont dans le Réglement plus courtes qu'elles ne ſeroient naturel-
» lement ſans les jours de congés extraordinaires qu'on y a joints. Nous avons pris pour
» principe, qu'il falloit que le train des Claſſes ne ſouffrît aucune interruption ».

(80) Je ne peux me refuſer à une obſervation que je tiens de pluſieurs Docteurs en
Théologie; c'eſt que non-ſeulement l'Etude de la Langue Grecque eſt trop négligée,
mais que l'on a preſque totalement abandonné celle des Langues que l'on appelle Langues ſçavantes, l'Hébreu, le Chaldeen, le Syriaque, &c. Ils m'ont aſſuré que, ſuivant les anciens Statuts de Théologie, l'on ne pouvoit obtenir le Degré de Docteur
dans cette Faculté, ſans poſſéder ces Langues. Ces Statuts ont été oubliés dans la ré-

L

Gens de Lettres ; l'Univerſité proteſte que cette Langue eſt en honneur dans ſes Ecoles, & que l'Etude qu'on y en fait, marche d'un pas égal avec celle de la Langue Latine. Pourquoi eſt-il ſi difficile de concilier de pareilles proteſtations avec l'ignorance profonde où la plûpart des jeunes gens qui fréquentent les Claſſes, ſont de la Langue Grecque, avec même les Plaintes que l'Univerſité fait de la foibleſſe de ſes Eleves dans la connoiſſance de cette Langue, avec les raiſons qu'elle donne de cette foibleſſe, avec le vœux qu'elle forme pour que ſes Statuts ſoient ſur cet objet renouvellés, & que leur exécution ſoit ordonnée, ſans qu'il ſoit permis ni aux Profeſſeurs d'accorder, ni aux Parens d'exiger, relativement à cette Etude, aucuns adouciſſemens ; l'exemple du paſſé doit nous ſervir de guide pour l'avenir. Meſſieurs n'ignorent pas que dans les premiers jours de la renaiſſance des Lettres, le Grec étoit auſſi conſidéré que le Latin ; l'on ne pouvoit alors faire à ce ſujet aucuns reproches à l'Univerſité, & ſes Diſciples n'auroient pas cru meriter ce nom s'ils n'avoient ſçu lire Homere, Demoſthène & Platon dans leur propre Langue.

L'Etude du Grec ſe ſoutint parmi nous juſqu'à la fin du dernier ſiecle ; il s'éleva alors dans la République des Lettres une Secte de beaux eſprits, qui s'attacha à décrier les anciens, ainſi que l'étude du Grec & du Latin ; les François, à la vue des ouvrages excellens, en tout genre, qui venoient d'être compoſés dans leur Langue, ſe crurent aſſez riches de leur propre fonds pour pouvoir ſe paſſer déſormais du ſecours des anciens ; il parut doux & commode d'avoir de l'eſprit, & même de l'érudition, ſans être obligé de dévorer les difficultés rebutantes de l'étude des Langues, & ſans faire attention que nos bons Ecrivains ne doivent qu'à la lecture des Auteurs Grecs & Latins la perfection de leurs ouvrages ; la plûpart des Gens de Lettres ſe déterminerent à ne chercher le goût & l'inſtruction que dans les Ecrits des Modernes. On ſe contenta d'une connoiſſance ſuperficielle du Latin, & l'étude de la Langue Grecque, qui parut encore moins néceſſaire, fut auſſi plus généralement abandonnée.

J'oſe le dire néanmoins, & d'après l'Univerſité elle-même, la Langue Grecque ne peut être négligée ſans que le bon goût & la véritable Littérature n'en ſouffrent.

Les Grecs ont été les modéles les plus parfaits que nous ayons eus en tous les genres. Ce ſont eux que les Romains ont imités, & n'ont peut-être jamais égalés ; c'eſt par la connoiſſance du Grec que les Sciences ont commencé à renaître, ſoit en Italie, ſoit en France ; la Langue Latine doit à la Langue Grecque, une partie de ſes mots & de ſon

---

formation faite ſous Henri IV, & ces ſciences ont été abandonnées. Il me paroîtroit bien à déſirer que cette Faculté, dans la nouvelle rédaction qu'elle s'occupe, dit-on, aujourd'hui de faire de ſes Statuts, impoſe de nouveau à ſes Eleves l'obligation de ſçavoir ces Langues, ſi néceſſaires pour lire, dans leur pureté & dans les originaux, les divines Ecritures.

luftre; la Langue Françoife lui doit auffi prefque tout ce qu'elle eft, & ce, foit parce qu'elle en a emprunté directement, foit même par fa connexion avec le Latin. Les plus beaux ouvrages de Littérature nous viennent des Grecs, on peut même dire qu'il en eft de leurs livres comme de leurs ftatues; la lecture des uns forme le goût des Lettres, comme la vue des autres apprend à connoître & à faifir la jufteffe & l'enfemble des proportions. Enfin, quand la Langue Grecque ne feroit pas une des plus belles & des plus harmonieufes Langues que les hommes ayent jamais parlé, l'utilité qu'on en retire pour entendre tous les termes d'Arts & de Sçiences qui font en ufage dans les Langues modernes, auroit dû fuffire pour la fauver de l'oubli où elle eft tombée parmi nous. Mais fi la Langue Grecque eft fi effentielle à apprendre, peut-on fe perfuader qu'elle foit enfeignée dans les Ecoles avec le foin, & l'attention qu'elle demande? Il eft libre à chaque Ecolier d'en fuivre les leçons, & on fent aifément combien ces inftructions furabondantes, & bornées à une petite partie de la claffe, doivent être négligées par le Profeffeur. L'étude de la Langue Grecque, celle de la Langue Latine, ne pourroient-elles pas être liées enfemble & rendues indivifibles? N'y auroit-il pas même de l'avantage pour chacune d'être ainfi réunies? La comparaifon qu'on en pourroit faire, les rendroit plus familieres, & tel eft l'avantage particulier de l'étude des Langues. La connoiffance de l'une méne à la connoiffance de l'autre, & loin de fe confondre & de fe nuire, les Langues s'éclairent mutuellement & par ce qu'elles ont de commun, & même par leur variété & leurs différences. A l'égard de la Langue Latine, il faut convenir que la tradition des bons principes & le goût de la bonne Latinité, fe font toujours maintenus dans les Ecoles de l'Univerfité, & qu'ils s'y maintiennent encore. On ne peut cependant fe diffimuler que le nombre des bons Ecoliers diminue, principalement dans les Provinces, & que parmi ceux qui fortent des Colléges, un très - petit nombre eft en état de bien fentir toutes les beautés des Auteurs qu'on leur a fait expliquer.

Je n'examine point quelle eft la caufe de cet affoibliffement des Etudes, fi on doit l'attribuer à la méthode d'enfeigner fuivie dans l'Univerfité, & s'il faut adopter avec elle l'ufage des thêmes, ou préférer celui des verfions, avec quelques - uns de fes Cenfeurs; je fçais que la méthode d'enfeigner le Latin, telle que l'a propofé l'Univerfité, a eu le plus grand fuccès; je fçais qu'elle a été employée par les Grenan, les Herfan, les Rollin & les Coffin; je fçais qu'elle a encore produit de nos jours d'excellents Latiniftes, & fi on s'occupe à former de bons Profeffeurs, comme j'ai eu l'honneur de le propofer, je fçais qu'ils formeront d'excellens Eléves, & qu'ils perfectionneront eux-mêmes leur méthode, fi elle eft fufceptible de l'être. Je ne peux cependant m'empêcher d'obferver que dans fon Mémoire fur la méthode d'enfeigner les Humanités, l'Univerfité me paroît apporter à l'ufage des thêmes, des modifications que je crois très-utiles, qu'elle me femble même incliner pour les verfions, & qu'il me paroît qu'il ne refteroit plus qu'un pas à faire pour établir dans cette portion de l'enfeignement un changement que j'y crois utile.

Un autre objet au moins auffi effentiel, me paroît auffi demander une réforme; je ne puis m'empêcher de regretter le peu de foin qu'on fe donne pour apprendre aux enfans leur langue naturelle. L'Univerfité annonce, à la vérité, qu'elle ne néglige point cette Etude, mais j'en appelle encore à l'expérience, & quoiqu'il foit queftion de la Langue Françoife dans le Plan propofé par l'Univerfité, je ne vois point que les Profeffeurs en doivent fuivre les leçons avec exactitude; je ne vois pas qu'elle marche d'un pas égal avec la Langue Latine, & que dans les verfions on foit auffi attentif à la pureté du ftile, qu'à la fidélité de la traduction. Il me femble que l'Etude des Langues Françoife, Grecque & Latine, devroient aller de niveau, que ce feroit à la premiere qu'on devroit faire l'application des principes de la Grammaire, qu'ils feroient alors plus faciles à entendre & à retenir, & que dans tout le cours des Etudes, la Langue naturelle devroit être le point de comparaifon auquel les autres feroient néceffairement rappellées. Il eft utile pour quelques-uns de connoître les Langues anciennes ou étrangeres, il eft néceffaire pour tous, de fçavoir leur Langue naturelle, & les fautes de langage dans lefquelles nous tombons tous les jours, nous doivent rendre attentifs à préferver les Ecoles d'une négligence auffi funefte & auffi inéxcufable. En un mot, pour que les jeunes gens fçachent bien, tant leur Langue, que ce qu'on leur montre, j'adopterois, fans aucune reftriction ni modification, le Principe que M. de Morveau a établi dans plufieurs endroits de fon Mémoire fur l'Education, *qu'il eft néceffaire d'apprendre en François ce qu'on apprend pour les chofes mêmes.*

J'ai déja obfervé que je ne fuivrois pas l'Univerfité dans les détails de l'éducation, ainfi je n'ajouterai rien à ce que j'ai dit au commencement de cette feconde partie, fur les matieres des devoirs; je ne m'arrêterai pas non plus fur ce qui concerne les compofitions ou le choix, foit des leçons, foit des prix de mémoire. Je voudrois qu'au moins dans les Colléges où il n'y aura pas de Profeffeurs particuliers de Religion & d'Hiftoire, on fuivît pour ces objets, les mêmes principes que j'ai indiqués pour les matieres des devoirs; enfin, je ne difcuterai pas ce qui peut avoir rapport à la forme des exercices Littéraires, ainfi qu'à l'ufage, foit de compofer des vers Latins, foit de ne traduire qu'un certain nombre d'Auteurs dans les différentes Claffes. Tous ces articles font controverfés entre les gens de Lettres, & peut-être faut-il laiffer à chaque Profeffeur une forte de liberté pour fuivre fon goût & la marche qui lui paroît la plus naturelle; mais je dois dire que la mémoire des enfans doit être plus exercée que furchargée, & qu'indépendamment de l'ufage d'apprendre par cœur & avec fidélité, il feroit

intéreffant de les accoutumer, du moins pour la profe, à rendre plu-
tôt le fens des chofes, que les mots employés par l'Auteur qu'on leur
donne à apprendre, & de former ainfi leur jugement en cultivant leur
mémoire.

Je dois dire que les bons Livres Elémentaires font la bafe de l'éducation publique, qu'ils devroient être rédigés fous le point de vue
que propofe le fieur Rivard, (81) dans fes réfléxions fur les prix de
l'Univerfité, que ces Livres font trop rares en tout genre, & qu'ils pourroient devenir plus communs, fi on adoptoit dans toutes les Univerfités le plan que le Roi a tracé pour celle de Paris, dans le préambule des
Lettres Patentes du 3 Mai 1766, & fi, en fe conformant aux intentions de
notre glorieux Monarque, on employoit le loifir des Profeffeurs Emerites
à être utile à leur Nation.

En effet » la réunion (dans la Maifon d'Inftitution que j'ai propofée)
» de tous ceux qui (pour me fervir des expreffions même des Lettres
» Patentes du 3 Mai 1766) ont acquis le plus de capacité & d'expé-
» rience en ce genre, & l'aifance qui leur feroit procurée les mettroit
» en état de confacrer le refte de leurs jours à la manutention de la dif-
» cipline & du bon ordre dans les Colléges, à la compofition de
» Livres Elémentaires pour toutes les Claffes, ou à d'autres travaux
» également utiles pour perfectionner les Etudes, les rendre uniformes
» dans tout le Royaume, & s'occuper uniquement de tout ce qui pourra
» contribuer aux avantages de l'éducation........ & à la gloire des
» Lettres ».

Je dois dire qu'il feroit à fouhaiter que l'on rédigeât des Livres Elémentaires, non-feulement pour les Etudes de la Faculté des Arts, mais même
pour les Etudes de toutes les autres Facultés. Je dois dire que les exercices Littéraires deviennent nuifibles, lorfque la préparation de celui
qu'on y deftine, enléve au refte de la Claffe, un tems qui lui eft confacré; je dois dire enfin, que les devoirs, les leçons, les compofitions
doivent particulierement tendre à former le goût des jeunes gens, que
l'Education publique eft encore plus faite pour les talens médiocres,
que pour les talens fupérieurs; & que toute méthode qui fe borneroit
à donner de l'effort aux génies heureux & brillans, ne rempliroit pas
les vues de la Société, puifqu'elle ne fatisferoit pas aux befoins du plus

---

(81) » Quand les notes fur un Auteur font bien faites, on entend facilement, en un
» moment un endroit qu'on n'auroit entendu qu'avec bien de la peine & bien du tems,
» ou même qu'on n'auroit pu entendre ; avec tout cela, il faudroit que les notes fuffent
» claires & précifes, & qu'il y en eût non feulement pour l'éclaircifement des endroits
» difficiles, mais auffi pour faire connoître le génie de la Langue Latine ou Grecque,
» pour faire fentir les beaux endroits, pour relever les fautes dans lefquelles les Auteurs
» feroient tombés, par rapport à l'Hiftoire ou à la Géographie .... Les différentes efpeces
» de notes feroient employées felon le befoin des Claffes auxquelles les Auteurs fe-
» roient deftinés, car on voit bien qu'elles ne conviendroient pas toutes également à
» chaque Claffe. « Juillet 1765, page 24.

grand nombre; & l'on peut dire que c'eft-là en général, le défaut de la plûpart des plans d'Education, qui ont été propofés ; ils ne peuvent être employés que dans l'Education particuliere, & non dans l'Education générale : or c'eft cette derniere qu'il faut perfectionner, vû qu'il feroit à defirer qu'il n'y en eût pas d'autres. En effet, l'éducation publique eft la feule où il exifte une vrai émulation; la feule où les jeunes gens font de bonne heure formés à vivre avec toutes fortes de caracteres, à les étudier, à en tirer parti fuivant les circonftances; la feule où les enfans, fur-tout des grands, peuvent fe perfuader que les hommes font nés égaux, & que fi la Providence a permis des diftinctions entr'eux, fi même ces diftinctions font néceffaires pour l'adminiftration politique des Etats, bien loin d'être des titres pour leur perfuader que tout eft fait pour eux, ces diftinctions les obligent au contraire d'être les Protecteurs de leurs inférieurs : la feule enfin que l'autorité publique peut furveiller, & dans laquelle l'Etat peut s'affurer que l'on ne forme ceux qui doivent être un jour fa reffource & fa gloire, que dans des principes analogues à fa conftitution.

Je me fuis peut-être un peu écarté de mon fujet, mais je n'ai pû me refufer à quelques réflexions qui m'ont paru néceffaires pour établir la préférence de l'Education publique fur la particuliere. J'ajouterai de plus, que cette queftion a été, il y a peu d'années, (82) l'objet du difcours qui précede la diftribution générale des prix de l'Univerfité : que cette Compagnie reconnoiffant fes principes dans cet ouvrage, l'a fait imprimer ; que l'on peut en conféquence y avoir aifément recours, & que par cette raifon, je me difpenferai d'entrer à ce fujet dans un plus grand détail. Il ne me refte donc plus qu'à rendre compte à la Cour du Mémoire de l'Univerfité, fur la Philofophie ; mais auparavant je crois devoir difcuter deux queftions que l'Univerfité n'a point examinées dans fes Mémoires, & qui me paroiffent cependant très-importantes.

La premiere eft de fçavoir, à quel âge les enfans doivent entrer au Collége : la feconde, fi chaque Profeffeur doit fuivre fes Ecoliers de Claffe en Claffe, où s'il doit être attaché à la même d'une maniere fixe & permanente.

Quant à la premiere queftion, elle a été traitée par MM. de la Chalotais, & de Morveau, & fur-tout par le dernier. Je me contenterai d'extraire ce qu'ils ont dit à ce fujet, en obfervant qu'ils ont cru devoir examiner en même-tems, la queftion de l'âge où doivent finir les Etudes qui fe font dans les Colléges.

» Je penfe (dit M. de la Chalotais, pag. 33) que l'on peut déterminer
» à-peu-près l'âge de dix ans, pour entrer dans les Colléges, & celui de

______

(82) Difcours fait en 1762 par le fieur Louvel, lors Profeffeur de Quatrieme au College des Graffins, & actuellement Profeffeur de Rhétorique au College d'Harcourt.

» dix-sept ans pour en sortir ; dix-sept ans accomplis est l'âge où les
» Romains prenoient la Robbe virile ».

M. de Morveau s'étend beaucoup plus sur cette question. Son troisieme
Paragraphe a pour titre de *l'âge où doit commencer l'éducation publique*. Il
divise ce Paragraphe en trois articles ; dans le premier il discute l'âge où
l'on doit commencer l'étude des Langues, & il fixe depuis six jusqu'à huit
ans ; dans le deuxieme, il expose ses idées sur l'âge, où l'on doit entrer au
Collége, & dans le troisieme il examine celui où l'on en doit sortir ; de
peur d'affoiblir quelques-unes de ses réflexions, je vais le laisser parler lui-
même. » Je dis que soit que l'on consulte *l'intérêt des Mœurs*, soit que l'on
» ait en vue le bien de l'enseignement, & ce sont les deux objets essentiels
» de l'éducation publique, on trouvera plus d'avantage à en avancer
» l'époque qu'à la retarder. A l'égard des Mœurs, cette vérité est une
» conséquence des principes établis dans le Paragraphe premier (83),
» parce que, s'il est reconnu que les enfans apportent plus de vices
» qu'ils n'en reçoivent dans les Ecoles publiques, il sera nécessaire d'en

---

(83) Ces principes m'ont paru trop précieux pour ne les pas mettre ici en Note.
« Rien ne seroit plus digne (dit M. de Morveau, page 17, jusques & compris 21) de
» notre attention, que cette premiere Education ; & il ne faut que jetter un coup-d'œil
» sur le spectacle des Mœurs, pour sentir combien elle a besoin de réforme ; mais par
» quelle voie la tenter ? Il n'en est point d'immédiate ; en vain les Loix se flatteroient de
» l'opérer ; il est impossible que l'œil du Légiflateur perce l'intérieur des maisons, &
» exerce continuellement dans tous les foyers domestiques cette vigilance qui produit
» l'exécution de la Loi. En vain la satyre rempliroit ses portraits de vérités améres ; en
» vain le zèle annonceroit ses vues sublimes d'un ton pathétique, les défenses ne détrui-
» sent pas les abus qui peuvent exister en secret ; les meilleurs Livres font à peine quel-
» ques changemens sensibles dans les opinions, & il y a loin encore de l'opinion à la
» pratique. Quel sera donc le reméde à un si grand mal ? C'est dans les Colleges que
» nous devons le chercher.
» Il n'appartient qu'au tems de changer les habitudes d'une Nation ; & la Loi n'a
» d'empire sur les mœurs privées, que par les mœurs publiques. Commençons donc par
» perfectionner les premieres, & laissons-leur après cela le soin de réformer les autres ,
» elles le feront même sans contrainte. A cet effet essayons de former des Colleges dont
» les maximes, les usages, les manieres, dont l'esprit moral , si l'on peut ainsi s'expri-
» mer, puisse effacer, ou du moins affoiblir en nos Enfans le vice de la premiere instruc-
» tion. Les progrès feront lents d'abord ; les vues les plus pures du Légiflateur, le zèle le
» plus infatiguable des Maîtres, & les heureuses dispositions de quelques Disciples bien
» nés, ou, pour mieux dire, bien préparés, parviendront à peine à tempérer la corrup-
» tion de la multitude. Mais pourvû que de cette masse commune de vices & de vertus,
» qui se forme nécessairement dans les Ecoles par la force de l'exemple & de la fréquen-
» tation, il résulte un tout, tant soit peu rectifié, on aura déja fait beaucoup. Bientôt
» cette nuance légere distinguera de nouveaux Citoyens, ces Citoyens devenus peres de
» familles, porteront, même sans y prétendre, ces principes déja épurés dans leurs mœurs
» domestiques , de-là dans le cœur de leurs enfans. Bientôt les Colleges n'auront plus
» qu'à perfectionner dans les générations suivantes ce qu'ils auront produit dans la nô-
» tre ; la marche alors sera plus rapide, & à mesure qu'on avancera vers le but, on ac-
» quérera des forces pour y atteindre. Telle est la progression des mœurs ; entreprendre
» d'en régler une partie, sans toucher au tout, c'est vouloir que les anneaux d'une chaîne
» suivent une autre direction que celle qui leur communique le mouvement ».

» conclure, que plus ils y viendront tard, plus ces vices feront multi-
» pliés & opiniâtres, & qu'on ne peut s'y prendre trop tôt, pour déra-
» ciner ces impreſſions, & changer ces habitudes de l'éducation domeſ-
» tique. Ajoutons que la ſociabilité eſt l'ame de toutes les vertus Morales ;
» que s'il faut commercer avec les hommes pour ſentir la néceſſité, la
» réciprocité de ces vertus, le meilleur moyen pour en donner le plis
» aux enfans, eſt la ſociété de leurs ſemblables; que les manieres font
» une partie eſſentielle des Mœurs, qu'elles en ſuppoſent les principes,
» qu'elles en étendent la pratique aux plus petites choſes, que par l'u-
» ſage continuel elles en aſſurent la ſtabilité; & que de même qu'il n'eſt
» qu'un tems pour les prendre irrévocablement, il n'eſt que l'exemple
» de la multitude pour les donner ſages & uniformes. Ajoutons enfin
» qu'il eſt une infinité de devoirs qui n'ont de force que par les Mœurs;
» or l'empire des Mœurs n'eſt fondé que ſur l'imitation & les habitudes
» que l'on en contracte dans l'âge le plus tendre. C'eſt ſur ce fondement
» que, comme je l'ai déjà remarqué, l'un des plus grands Légiſlateurs
» de l'antiquité vouloit que les enfans commençaſſent dès l'âge de ſept
» ans à vivre, étudier & jouer en commun, & qu'il regardoit ce moyen
» comme l'un des plus efficaces pour gouverner un Etat, moins par les
» Loix que par les Mœurs...... Il reſte une troiſieme opération à faire,
» qui eſt de déterminer à quel âge il importe à un jeune homme d'avoir
» fini le cours des Etudes Scholaſtiques; la réponſe à cette queſtion me
» paroît fournir un nouvel argument en faveur des opinions que je viens
» de rapporter ; parce que les Colléges ne devant avoir pour objet
» aucune profeſſion particuliere, il eſt évident qu'ils ne peuvent former
» des Sujets pour aucun état civil; qu'ils ne peuvent & ne doivent
» que les préparer à de nouvelles Etudes plus relatives aux différens buts
» qu'ils ſe propoſent. S'il convient qu'il n'y ait aucun vuide entre les
» occupations ſucceſſives des divers âges, parce qu'il ſeroit pernicieux,
» ou tout au moins en pure perte, il importe egalement d'empêcher que
» les différens emplois ne ſe ſurchargent, ce qui ne pourroit ſe faire qu'au
» préjudice des uns ou des autres. Ainſi les Ordonnances qui ont réglé
» à ſeize ans accomplis l'entrée du ſervice pour le Militaire, & pour les
» Gradués l'ouverture des Ecoles des Facultés, ont juſtement préjugé
» l'époque à laquelle devoient commencer les premieres Etudes des
» Colléges. Car propoſer d'en reſſerrer le cours dans un eſpace de moins
» de huit années, ce ſeroit méconnoître à la fois & l'étendue des objets
» qu'il embraſſe, & la néceſſité de rendre l'inſtruction lente & conſtante,
» ſi l'on veut s'en promettre quelques fruits, même dans la ſaiſon de
» l'adoleſcence «.

» Ces raiſons & les autorités des plus grands hommes qui ayent écrit
»ſur cette matiere, dans tous les tems & chez toutes les nations, ne
» me paroiſſent laiſſer aucun doute ſur l'avantage qu'il y a en général
» à avancer l'éducation publique, & je crois pouvoir conclure qu'in-
» dépendamment des circonſtances particulieres qui pourroient occaſion-

» n'

» ner des exceptions , la plûpart des enfans peuvent entrer dans les
» baffes Claffes, dès qu'ils ont fept ans révolus, & qu'ils le doivent avant
» leur dixieme année (84).

A ces autorités refpe&ables, je peux en ajouter une , faite pour entraîner tous les fuffrages, moins encore par le refpe& & la foumiffion qui
lui eft due, que par la convi&ion à laquelle nous ne pouvons nous refufer,
que ce qu'elle ordonne n'eft que le fruit de la plus mûre réflexion , & a
été par elle jugée néceffaire pour le bien de l'éducation. Meffieurs me
previennent & voyent que je veux parler des Lettres Patentes du 20
Août 1767, vérifiées en la Cour le 4 Septembre fuivant , ainfi que du
Réglement attaché fous le contre-fcel de ces Lettres Patentes, dont l'article premier du titre 3 , ordonne » qu'il ne fera reçu aucun Bourfier
» (dans la Faculté des Arts) , qui ne foit en état d'entrer en Sixieme,
» qu'il n'ait neuf ans commencés , & moins de treize révolus « (85). Il
eft vrai que le même article fait une exception pour les Enfans de Chœur
de Cathédrales ; mais cette exception, fuivant l'axiome, ne fait que confirmer la regle, vu que l'éducation que les Enfans de Chœur reçoivent,
les met à l'abri des vices, dont on veut que les Enfans foient exempts
avant d'entrer au Collége, & que cette éducation étant publique, renferme une partie des avantages que M. de Morveau détaille dans fon Plan
d'Education.

Il me refte à examiner & difcuter la feconde queftion que j'ai propofé,
& qui confifte à fçavoir fi un Profeffeur doit fuivre fes Ecoliers de Claffe
en Claffe, ou s'il doit être attaché à la même d'une maniere fixe & permanente? Je préfume que l'Univerfité n'a point examiné cette queftion,
parce qu'elle l'a cru décidée par fon ufage ; mais perfuadé qu'il feroit
utile de le changer, il me paroît néceffaire d'entrer à ce fujet dans quelques détails.

Pour foutenir le fyftême contraire à celui adopté par l'Univerfité , l'on
pourroit dire que fi chaque Profeffeur fuivoit fes Difciples, il pourroit mettre plus de fuite dans les Leçons qu'il leur donne, & rendre fes foins
d'autant plus efficaces, qu'ils feroient plus continus & plus éclairés , par la
connoiffance qu'il auroit de leur cara&ere & de la portée de leur efprit ;
que les Difciples à leur tour, n'ayant plus à éprouver le changement de
Méthode & de Principe, auquel celui de Maître les expofe, leurs progrès dans les Etudes deviendroient plus rapides & plus affurés ; que
l'habitude de vivre enfemble pendant plufieurs années , formeroit néceffairement entre le Maître & les Difciples une augmentation d'attachement & de confiance, qui ne pourroit tourner qu'au profit de l'Education ; que les Profeffeurs s'employeroient à perfe&ionner leurs Eleves

---

(84) Mémoire fur l'Education publique , &c. pages 12 , jufques & compris 14 ,
78 & 79.

(85) L'article 3 du titre 3 du Réglement du 1 Juillet 1769, contient les mêmes difpofitions.

M

dès les premiers inſtans de l'année Scholaſtique, ce qu'ils ſont obligés de négliger un peu pour étudier pendant quelques tems les caracteres & les talens des jeunes gens confiés à leurs ſoins ; étude qui étant néceſſairement, dans la méthode actuelle, répétée chaque année, emporte, dans la totalité des Claſſes, une perte de tems conſidérable, & qu'il ſeroit à deſirer que l'on pût éviter entiérement, ou au moins diminuer de beaucoup ; » qu'enfin l'on ne ſongeât jamais à donner tous les ans un nouveau » chef à une Compagnie, un nouveau Général à une Armée, un nou- » veau Gouverneur à un Enfant, & que ce qui ſeroit un inconvénient » pour des Corps où tout ſe régit par les Loix de l'autorité, en ſeroit » un plus conſidérable pour un Collége, où tout doit ſe faire à la voix » de la perſuaſion ; que ce qui ſeroit abſurde dans l'éducation domeſti- » que où il ne s'agit que de connoître & de conduire un Eleve, le ſeroit » bien davantage dans l'éducation publique, où il s'agit d'en connoître » & d'en conduire une multitude (86) «.

Les inconvéniens de la Méthode que je viens d'expoſer, méritent auſſi le plus grand examen, d'autant qu'ils renferment en même-tems les motifs qui ont décidé l'Univerſité à adopter l'uſage qui ſe pratique dans tous ſes Colléges. En effet, ſi le Maître qui a donné les Elemens des Langues, ſuit ſes Eleves de Claſſe en Claſſe, juſqu'à la Rhétorique incluſivement, il eſt à craindre que l'enſeignement n'en ſouffre, attendu que la Grammaire ne demande pas la même meſure de génie & de goût que la Littérature, & que tel homme peut occuper, avec honneur, la Chaire de Quatrieme, qui ne ſeroit pas même un Profeſſeur médiocre de Rhétorique.

D'après ces différentes conſidérations, ne pourroit-on pas trouver un juſte milieu qui conciliât deux Méthodes, qui ont chacune des Partiſans accrédités ? Le Miniſtere public de Dijon, en perfectionnant ce qu'avoit indiqué (page 27) l'Auteur du *Plan général d'Inſtitution, particuliérement deſtiné pour la Jeuneſſe du reſſort du Parlement de Bourgogne*, propoſe dans ſon Mémoire ſur l'éducation publique, que les Regens de Sixieme, Cinquieme, Quatrieme & Troiſieme tournent perpétuellement enſemble, & que les Profeſſeurs de Seconde & Rhétorique ſoient fixes ; il détaille avec autant de force que de netteté les avantages de la méthode pour laquelle il ſe déclare.

» Etabliſſant (dit-il page 100-103) quatre Régens qui tournent per- » pétuellement dans les quatre premiers Claſſes, on ſera ſûr de réu- » nir tout ce qu'on pourroit deſirer, c'eſt-à-dire, des Régens perma- » nens pour la perfection des Ecoles & des Régens paſſagers pour le » ſoulagement des Ecoliers ; ceux qui auront fait quelques progrès au- » ront l'agrément de les continuer ſous le même guide ; ceux au contraire

***

(86) Mémoire ſur l'Education publique, par M. Guyton de Morveau, &c. Paragraphe 4, pages 98 & 99.

» que la lenteur de leurs travaux forcera à tenir deux ans la même
» route feront charmés d'y retrouver un nouveau conducteur, qui les
» recevant fans prévention & fans reproches, leur infpirera plus de
» confiance, & moins de dégoût. La marche de l'enfeignement fera plus
» réguliere & plus fucceffive, en ce qu'il n'y aura point à craindre qu'un
» Régent franchiffe les bornes trop arbitraires de la partie du Cours qui
» lui eft confié, foit en retournant fur les objets de la Claffe précédente,
» foit en anticipant fur celle qui fuit, ce qui des deux cotés feroit un
» très-grand inconvénient, & cependant prefque inévitable ; lors de la
» vacance d'une place, la jufte ambition de tous les Régens de prendre
» un Grade plus élevé, n'occafionnera pas une révolution pernicieufe
» dans toutes les Claffes inférieures ; les Citoyens auront de plus la fa-
» culté de choifir celui de ces Maîtres fous lequel ils préféreront d'en-
» voyer leurs enfans ; car quel eft le pere qui ne veuille avancer ou re-
» tarder l'Education de fon fils, pour gagner ou attendre le retour d'un
» Maître dont la renommée aura publié la fupériorité de vertus & de
» talens ; ce choix produira entre tous les Régens, l'émulation la plus
» pure, la plus continue & la plus puiffante, parce qu'ils auront pour
» juges la voix publique qui ne fe trompe gueres, & que le nombre de
» leurs Difciples fera le figne infaillible de leurs fuccès. Enfin, ce plan
» aura l'avantage d'annoblir en quelque forte leur état à leur propres
» yeux, de leur faire aimer, en mettant entr'eux une plus grande égalité,
» en leur faifant partager les fonctions rebutantes & peu relevées des
» premieres Claffes, avec les fonctions de celles qui les fuivent, & qui
» font plus confidérées à mefure qu'elle s'en éloignent ; en leur fauvant
» l'ennui d'enfeigner continuellement les mêmes chofes ; enfin en leur
» donnant le droit de fe glorifier d'une fcience plus étendue, en leur
» acquérant un titre plus certain & plus perfonnel, à la gloire d'avoir
» formé de bons fujets. Ces objets, quoique minutieux en apparence,
» ne font pourtant pas les moins importans ; quelqu'établiffement que
» l'on fe propofe, dès que les hommes auront quelque part à l'exécu-
» tion, le feul moyen de ne pas errer dans le calcul des effets, eft de
» tirer en ligne de compte de la fomme des forces ou des obftacles,
» jufqu'aux plus petits foibles de l'humanité «.

En adoptant le fonds de ce fyftême je m'écarterois un peu du Plan que propofe M. de Morveau. Je defirerois que l'on féparât le cours total des Claffes en deux ou trois Cours différens.

Je voudrois (d'après M. de Morveau) que le Régent de Rhétorique reftât toujours dans fa Claffe ; elle demande un travail fuivi ; je defirerois auffi (& c'eft également le vœu de ce Magiftrat) que dans les Colléges où il y a deux Profeffeurs de Rhétorique, l'un fût pour l'Eloquence, & l'autre pour la Poëfie (87), étant très-difficile de trouver des Sujets qui excellent également dans les deux genres. Enfin l'on dévroit du moins

---

(87) Mémoire fur l'Education publique, &c. par M. de Morveau, page 287.

dans les grands Colléges, divifer en deux Claffes celle de Rhétorique, c'eſt ce que propoſe l'Auteur des réflexions fur le prix des Univerſités, &c. (le fieur Rivard) & les raiſons de cet ancien Profeſſeur de l'Univerſité, que je joins ici en note (88) me paroiſſent décider en faveur de fon opinion.

Quant à la Claſſe de Seconde, en convenant avec M. de Morveau, qu'elle eſt une préparation à la Rhétorique, comme elle en eſt cependant très-éloignée, je la réunirois à la Troifieme ; en conféquence je fuivrois (diſtraction faite de la Rhétorique) la divifion preſcrite par les Lettres Patentes du 3 Mai 1766, relativement aux Aggrégés ; je ferois donc d'avis que le Profeſſeur de Sixieme fuivît fes Ecoliers en Cinquieme & Quatrieme, & que les Profeſſeurs de Troifieme & de Seconde paſſaſſent fucceſſivement de l'une à l'autre Claſſe. Par cet arrangement l'inconvénient des changemens annuels des Profeſſeurs feroit diminué de moitié. J'obſerverai de plus que la divifion faite par les Lettres Patentes des 3 Mai & 10 Août 1766, des trois Claſſes d'Aggrégés ; l'une pour la Philoſophie, l'autre pour la Rhétorique, la Seconde & la Troifieme, & la derniere pour les quatrieme, cinquieme & fixieme Claſſes, ainſi que la différence des honoraires accordés par l'Univerſité aux Regens de Rhétorique, Seconde, Troifieme, Quatrieme, Cinquieme & Sixieme (89), autoriſent la divifion que je propoſe ; qu'enfin, foit la divifion des Aggrégés, foit celles des honoraires des Profeſſeurs & Regens me paroiſſent dériver du principe que les Profeſſeurs, qui, fuivant mon Plan, doivent tourner enſemble, font néceſſairement tous capables des différentes Claſſes que je les charge d'enſeigner ; en effet, ces Claſſes fe tiennent toutes trop eſſentiellement pour ne pas exiger même dans la moins forte les talens que demande la Claſſe fupé-

---

(88) » Il faudroit partager en deux claſſes celle de Rhétorique, l'une que l'on
» feroit avant la Philoſophie, & qui feroit deſtinée furtout à l'explication des Auteurs
» Grecs & Latin, Orateurs, Poëtes & Hiſtoriens, mais fans compofition de Pieces,
» telles que les amplifications : cette premiere claſſe retiendroit le nom de Rhétorique.
» La feconde, que l'on remettroit après les deux années de Philoſophie, dans laquelle
» outre l'explication des Auteurs, telle qu'elle conviendroit dans cette Claſſe, on
» s'exerceroit beaucoup à la compofition. Les Etudians feroient alors en état d'y
» réuſſir à cauſe des connoiſſances qu'ils auroient acquiſes dans la Philoſophie, qui
» feroient le fond de leur travail, auquel ils donneroient la forme & l'ornement par
» le fecours des préceptes de la Rhétorique & des regles de l'Eloquence. Il eſt évident
» que cette divifion de la Rhétorique en deux Claſſes feroit néceſſaire pour la per-
» fection de l'Education publique. Car autrement ſi on exerce les jeunes gens à cer-
» taines compofitions avant qne d'avoir acquis le fond de connoiſſances qu'on tire de la
» Philoſophie, on les expoſe & à verbiager & à s'accoutumer à chercher de grands
» mots & à produire des phrafes qui ne diſent rien : talent pernicieux, oppofé à la
» juſteſſe qu'il faut cultiver dans les jeunes gens préférablement à toutes les autres
» qualités de l'eſprits ». *Réflexions fur les prix de l'Univerſité & fur quelques autres objets très-intéreſſans pour l'Education de la Jeuneſſe*, Juillet 1765, N°. 26. pages 34 & 35.

(89) Les Régens de Sixieme, Cinquieme & quatrieme n'ont chacun que 600 livres de fixe ; ceux de Seconde & Troifieme ont 800 livres, & ceux Rhétorique & Philoſophie ont 1000 livres.

rieure. Aux avantages de cette Méthode si bien développés par M. de Morveau, dans le paffage que j'ai rapporté ci-deffus, j'ajouterai que moins les Ecoliers changeront de Maîtres & de Méthode, plus ils feront de progrès, & que le changement n'eft profitable que lorfqu'il eft abfolument néceffaire. Un autre avantage de cette divifion, feroit de donner aux Maîtres même, de l'émulation, de les forcer à ne fe pas négliger, & de les fortifier pour ainfi dire en même-tems que leurs Eleves; peut-être même devroit-on par cette derniere raifon, affecter au contraire les Profeffeurs de Philofophie chacun à une Claffe particuliere : ne s'occupant que d'une partie de cette Science, ils pourroient s'y rendre plus profonds.

Le fil des idées m'a infenfiblement conduit à la Philofophie fur laquelle je dois me borner pareillement à des réfléxions fommaires & abrégées, après avoir cependant obfervé avec l'Univerfité de Bourges, qu'il feroit a defirer qu'il fût ordonné qu'aucun Etudiant ne foit reçu en Philofophie qu'après avoir été examiné par le Principal du Collége, ou par ceux qui feront pour ce commis par l'Univerfité Térritoriale, à l'effet de fçavoir s'il eft en état de s'appliquer à l'étude de cette Science. C'eft la feule façon d'empêcher que de jeunes gens ne fuivent les leçons des Profeffeurs de Philofophie, fans avoir fini leurs études, & ne paffent enfuite, malgré leur défaut de talens & de connoiffances, dans les Ecoles des Facultés fupérieures, & fur-tout dans celles de Théologie, d'où ils fortent fans aucunes lumieres, très-difpofés, vu leur ignorance, à embraffer l'efprit de parti, qui feul peut leur procurer de la confidération vis-à-vis des perfonnes qui penfent comme eux, efprits dangereux, quel que foit l'objet de leur fanatifme, & qui par un zèle mal entendu, font plus capables de nuire à la Religion, que de lui être utile.

La premiere & la plus importante réflexion que fait naître la manière actuelle d'enfeigner la Philofophie, me paroît devoir porter fur la néceffité de donner plus d'étendue à l'Etude des Mathématiques, qui jufqu'ici ont été confondues dans les Colléges, avec l'étude générale de la Philofophie, & qui même ne font pas fpécialement comprifes dans la divifion de fes parties qu'en a fait l'Univerfité. Il me femble que les Mathématiques devroient avoir un Cours particulier, l'utilité de celui du Collége Mazarin, eft un motif de plus pour en établir dans d'autres Colléges, & pour me difpenfer d'entrer à ce fujet dans un plus grand détail. Je n'ai jamais compris comment une Science auffi honorée parmi-nous, eft en même-tems auffi négligée dans les Univerfités, où des Cours diftincts & féparés de cette Science donneroient aux jeunes gens qui y étudient les moyens de s'y appliquer avec fuccès; la Société en recueilleroit les fruits dans les différens emplois auxquels ils font deftinés, & qu'ils rempliroient avec plus de capacité & de connoiffance. J'obferverai cependant que quoique les Mathématiques foient non-feulement néceffaires à la Phyfique qui a befoin d'y recourir à tous les inftans, mais même à beaucoup d'états

& de conditions où la connoiſſance de quelques-unes de ſes parties eſt indiſpenſable, je deſirerois cependant, que les Chaires uniquement deſtinées à cette Science, ne fuſſent fondées que dans les Villes où j'ai propoſé d'établir des Profeſſeurs particuliers d'Hiſtoire & de Religion.

On reproche à l'Univerſité la méthode Scholaſtique dont elle ſe ſert dans l'enſeignement de la Philoſophie; mais l'expérience a ſouvent juſtifié cette méthode, & la préciſion qu'elle exige ne contribue pas peu à former le jugement & à apprendre à raiſonner. On peut cependant convenir qu'il y a dans cette méthode des inutilités auxquelles on pourroit renoncer ſans regret. On peut avouer que la Logique telle qu'on l'enſeigne dans la plûpart des Colléges, eſt embarraſſée de queſtions épineuſes & barbares, & qu'il ſeroit à deſirer, ſuivant la remarque de M. de la Chalotais, que l'on joignît à l'enſeignement de la Logique quelques régles pour former l'eſprit des jeunes gens à la critique; ces deux Sciences ſe tiennent, & ſe préteroient un mutuel ſecours, elles produiroient » cet eſprit juſte, cet eſprit qui ſert à gouverner les
» états comme à conduire les affaires des particuliers; qui guida Sully,
» Turenne & Catinat; qui dicta les Conſultations de Charles Dumoulin,
» les Pareres de Savary, les Eſſais de Locke, de Nicole, & les Diſ-
» cours de Fleury ; qui inſpira dans leurs conjectures ſur les événe-
» mens futurs, Thémiſtocle, Polybe, d'Oſſat & Richelieu; cet eſprit
» n'eſt qu'un jugement ſolide, qui ſaiſit l'état des queſtions, le véri-
» table point de vue des affaires, & ſçait choiſir en tout les rai-
» ſons déciſives: c'eſt le bon ſens ſi utile dans le monde, tandis que
» ce qu'on appelle eſprit, ne ſert ſouvent qu'à le ravager; auſſi eſti-
» mable quand il enſeigne une bonne adminiſtration de Juſtice & de
» Finance, que quand il trace le plan d'une campagne (90)».

Les autres parties de la Philoſophie n'ont pas moins beſoin de réforme. En effet, la morale eſt ſouvent trop courte & trop abregée; elle ne contient que d'une maniere ſuperficielle les principes du droit naturel, du droit public (91) & ceux du droit des gens. La Métaphyſique ſort ſouvent de ſon objet, ſoit en ſe confondant avec la Logique, ſoit en traitant des queſtions qui n'appartiennent qu'à la Théologie. Enfin dans la Phyſique, l'eſprit de ſyſtême domine encore ſur l'obſervation & l'expérience.

L'Univerſité deſireroit une Philoſophie commune à tous les Maîtres, qui, revêtue de ſon approbation, ſeroit enſeignée néceſſairement dans tous les Colléges: rien ſans doute ne demande autant d'at-

---

(90) Eſſai d'Education nationale, &c. page 101.

(91) Cet objet pourroit être renvoyé aux Etudes de Droit, il ſeroit même utile d'établir dans les Facultés de Droit des grandes Univerſités, une Chaire de Droit public; & ce à l'imitation de pluſieurs Etats d'Europe, & notamment de l'Allemagne, où il y a de ces Chaires d'établis.

tention que les leçons de Philofophie, puifqu'elles renferment les prin-
cipes les plus importans pour la Religion, les Mœurs & la Société;
mais il faut convenir en même-tems, qu'il n'eft point de Science où les
progrès foient plus rapides & plus fréquens que dans la Philofophie,
& que s'il faut éclairer les Profeffeurs, il ne faut pas les affujettir à
de formules ferviles qui ôtent tout reffort au génie, en tariffant la fource
de l'émulation. Il eft cependant vrai que fi on fupprimoit dans les
Colléges la dictée qui employe inutilement un tems précieux, fi
on obligeoit les Profeffeurs à fuivre une Philofophie imprimée, ou plutôt à faire imprimer eux mêmes celle qu'ils donneroient à leurs Eléves;
fi ces Philofophies imprimées avoient commencé par être affujetties
à l'approbation de l'Univerfité, on éviteroit l'inconvénient de cahiers
inconnus, & qui par-là, peuvent être dangereux; & tandis qu'on four-
niroit aux Profeffeurs de Province le moyen d'enfeigner une bonne
Philofophie qu'ils ne feroient peut-être pas en état de compofer, on
exciteroit l'émulation des gens habiles qui travailleroient avec d'autant
plus d'ardeur, que leur réputation ne feroit pas concentrée dans les
bornes de leurs claffes. J'ajouterai de plus, d'après le fieur Rivard, que
» ce qui eft d'une grande importance & bien digne de confidération,
» c'eft que cette Philofophie publique ferviroit infailliblement à réu-
» nir les efprits, & à établir parmi prefque tous les fujets du Royaume,
» qui pourroient juger des matieres dont il s'agit, une uniformité de
» fentiment fur les objets les plus intéreffans de la Philofophie, fur
» les queftions qui ont rapport à la Religion, comme celles de Morale
» & de Métaphyfique. Si on prenoit la même précaution par rapport à
» la Théologie, ce feroit le moyen le plus fûr d'empêcher les troubles
» & les efpéces de guerres inteftines qui ne font que trop fréquentes,
» & qui font un grand tort aux Mœurs & à la Religion : on en voit
» fouvent des exemples bien funeftes (92) ».

Il feroit en effet néceffaire, ainfi que je l'ai déja dit, que non-feulement pour la Philofophie, mais même pour la Théologie, le Droit
& la Médecine, il fût rédigé des Livres, munis, fur-tout pour la Théologie, & même pour la Philofophie (quant à la Morale & aux articles relatifs à la Religion) de l'approbation des deux Puiffances : ce feroit la feule façon d'empêcher qu'à l'infçu & contre le vœu des premiers Pafteurs, l'on enfeignât dans quelques Ecoles de Théologie une
Doctrine conforme à celle contenue dans les Auteurs d'une Société
exclue du Royaume, à caufe de fa Morale fi bien caractérifée dans
l'Arrêt du 5 Mars 1762., & dans les Decrets des Rois de Portugal,
d'Efpagne & de Naples; & que l'on ne faffe revivre d'après ces nouveaux Théologiens (93) plufieurs des propofitions profcrites tant de

---

(92) Réflexions fur lea prix de l'Univerfité, &c. Article 23, page 30.
(93) Voyez le Recueil des Affertions.

fois par le Clergé de France, & notamment par l'assemblée de 1700.
C'est pour remédier à ces abus qui sont communs à tous les pays où
les Jésuites avoient quelque autorité, que le Roi de Portugal, par
un Decret du 5 Avril 1768, a créé un Tribunal qu'il a chargé d'examiner tous les Livres imprimés ou introduits dans ses Etats, depuis que
les Jésuites y étoient établis, seul moyen qu'il ait trouvé pour ban-
nir de ses Royaumes la Morale corrompue, la superstition & l'ignorance que cette Société y avoit introduites, & de ne laisser entre les
mains de ses sujets que des Livres qui ne renferment qu'une Morale &
une Doctrine conforme à celle de l'Evangile.

C'est à cet enseignement que toute Education doit se rapporter, c'est
la base dont les Maîtres doivent partir, c'est la fin qu'ils doivent avoir
en vue; il faut cependant observer que dans les Colléges où il y auroit une Chaire de Religion, les Professeurs de Philosophie devroient
rédiger leur Traité de Morale, de façon qu'il fût une suite ou plutôt
qu'il renfermât en même-tems un développement & un résumé des
Traités particuliers que les jeunes gens auroient vus dans le cours de
leurs Classes. Il est de plus un objet que je voudrois que les Professeurs de Philosophie enseignassent avec soin, dans la partie de la Morale; sçavoir, les quatre articles du Clergé de 1682 : le Baillage de
Tours l'a demandé dans le Mémoire qu'il a rédigé, en exécution de
l'Arrêt du 6 Août 1761, & il a supplié la Cour d'ordonner qu'il sera
annuellement dans chaque cours de Philosophie, soutenu une Thèse
publique & en François, sur les quatre articles du Clergé, ainsi que sur
le Traité de l'autorité des Rois, où l'on prendroit pour guide le sçavant
ouvrage de M. le Vayer. J'adopte avec empressement cette idée
que j'ai exposée avec plus de détail, dans le Compte du Collége de
Tours (94); mais je desirerois en même-tems que l'on établit dans chaque
Faculté de Droit un Professeur spécialement chargé d'enseigner les *Libertés
de l'Eglise Gallicane* (95), qui seroit obligé de suivre dans cet enseignement le sçavant Ouvrage, que M. Bossuet a, par les ordres de
Louis XIV, rédigé pour la défense des IV Articles du Clergé, lesquels
ne sont que le précis de nos Libertés.

On reproche encore à l'Université la langue dans laquelle elle donne
ses leçons de Philosophie : elle a pour excuse & pour justification l'u-
sage des Facultés supérieures; la Philosophie en ouvre l'entrée, & il
faut que ses disciples s'accoutument de bonne heure à parler la langue
qui y est en usage : mais seroit-il nécessaire dans ces Facultés même,
que l'enseignement se fît toujours en Latin? Croyons-nous que parmi
les Grecs & les Romains, nos Modéles & nos Maîtres, les Sciences y

(94) Du 12 Août 1763, pages 498, jusques & compris 500.
(95) Cet établissement ne seroit pas nouveau, car il existe dans la Faculté de Droit
de l'Université de Toulouse, un Professeur fondé uniquement pour enseigner les
Libertés de l'Eglise Gallicanne.

fussent

fuſſent enſeignée dans une Langue étrangere. On ne ſçauroit concevoir
combien cet uſage eſt nuiſible à la perfection de notre Langue qui s'en-
richiroit par l'exercice, & que l'argumentation même pourroit rendre
plus claire & plus préciſe. Cependant je croirois utile de laiſſer à ces
Ecoles leur ancien uſage; mais ſi l'on adoptoit en même-tems ce qu'a
propoſé, relativement aux quatre articles du Clergé, le Baillage de Tours,
l'on pourroit ordonner qu'ils ſeroient traités, diſcutés & ſoutenus dans
notre Langue naturelle, il me ſemble que ce *mezzo termine* concilieroit
tout.

Je deſirerois enfin que dans les grands Colléges, c'eſt-à-dire dans
ceux où ſeroient des Claſſes de Religion & d'Hiſtoire, aux Profeſſeurs
ordinaires de Philoſophie, & à celui de Mathématique, que j'ai propoſé d'établir, on joignît un Profeſſeur de Phyſique expérimentale:
& le ſuccès de la Chaire fondée de nos jours dans le Collége de
Navarre, doit faire connoître combien il ſeroit néceſſaire de multiplier
de pareils établiſſemens; l'Hiſtoire naturelle même ne devroit-elle pas
entrer dans l'enſeignement de la Phyſique, & toutes les Sciences qui
en font partie, ne demanderoient-elles pas plus de détails & d'inſtructions?

On ſent aiſément que ces Chaires multipliées, ne pourroient avoir
lieu dans tous les Colléges, où ſouvent l'on ne trouveroit pour remplir
les Claſſes, ni Profeſſeurs, ni Ecoliers; mais c'eſt ici que revient ce
que j'ai dit pluſieurs fois dans le préſent Compte; les grands établiſſemens doivent être rares, ils n'appartiennent qu'à des Villes principales, qui ſont comme le dépôt des Sciences; c'eſt là que l'Education
publique doit ouvrir tous ſes tréſors, & les Villes inférieures, contentes
de ce qui leur ſera accordé, ne doivent pas envier à celles où ſeront
placées les Univerſités complettes, les différentes Chaires qu'il eſt juſte
d'établir dans ces Univerſités, pour les dédommager en quelque ſorte,
de la communication de quelques-uns de leurs Priviléges qui ſeront con-
cédés aux Villes du ſecond ordre.

Je termine ces réflexions en me faiſant gloire d'adopter les éloges
que l'Univerſité donne au Traité des Etudes du celebre Rollin; je me
ſuis déja expliqué pluſieurs fois à ce ſujet, dans le préſent Compte, & il
faut avouer qu'il eſt difficile de réunir dans un ouvrage plus de jugement, de goût & d'honnêteté : on y voit toujours marcher enſemble l'eſprit & la raiſon, la vertu & les lettres, les préceptes & les exemples.
La Religion ſur-tout, y eſt préſentée preſque à chaque page, avec les
caractères qui lui ſont propres, caractères faits pour inſpirer l'amour
& le reſpect qui lui ſont dus, & pour engager à ſe pénétrer de ſes
principes, & à les ſuivre. C'eſt dans ce Livre que tout Inſtituteur trouvera les véritables régles de l'Education; c'eſt dans ce Livre que je
me flatte moi-même d'avoir puiſé le germe des réflexions que j'ai oſé
hazarder; mais, je le répéte, ces réflexions ſont moins des projets que
de ſimples vues inſpirées par le deſir d'être utile; vues que je ſoumets

N

aux lumieres supérieures de la Cour, mais dont j'ai cru lui être comptable ; puisque d'un côté, elles font le fruit des travaux particuliers, auxquels depuis six ans je suis obligé de me livrer pour remplir les différentes missions dont le Roi & la Cour m'ont honoré, & que de l'autre elles ont été produites par l'étude réfléchie & approfondie, tant des Arrêts de la Cour que des Loix que le Roi a donnés depuis cinq ans, pour perfectionner l'Education ; vues même que je ne regarde, ainsi que je l'ai déja dit, que comme le développement des principes contenus dans ces autorités respectables ; vues, au surplus, que j'ai exposées d'autant plus volontiers, que j'ai espéré qu'elles donneroient lieu à discuter avec attention le plan d'Etudes proposé par l'Université , & que par cette discussion mes desirs seront remplis , puisqu'elle ne peut avoir lieu, sans produire une plus grande lumiere, & que je ne demande qu'à voir le bien s'opérer, les Sciences se répandre , & mes Concitoyens devenir de plus en plus éclairés. & vertueux.

Lecture faite dudit Compte.

La Matiere mise en délibération.

LA COUR a ordonné & ordonne qu'il sera fait Registre dudit Compte, & qu'il sera, ainsi que les piéces y énoncées, communiqué au Procureur Général du Roi, pour être par lui, sur icelui, pris des Conclusions.

ERRATA.

PAGE 8, note 9, ligne 19, ainfi, *lifez* ainfi

Page 15, note 17, ligne 7, *rayez* leur

Page 20, ligne 16, de chercher & de trouver, *lifez* pour chercher & pour trouver

Page 23, ligne 8, établit, *lifez* établi

Page 25, ligne 13, pefectionnés, *lifez* perfectionné,

Page 29, ligne 14, ces, *lifez* fes

Page 31, ligne 16, échappé, *lifez* échappés

Page 33, lignes 26 & 27, pour obtenir le degré, *lifez* pour parvenir au degré

Page 34, ligne 17, obligé, *lifez* obligés

        ligne 18, *rayez* ne

Page 36, ligne 22, après le mot *Profeffeur*, mettre en note (42 bis); & au bas de la page mettre la note ainfi qu'il s'en fuit.

(42 bis) C'eft ce qui fe pratique dans les Colléges deffervis par les Réguliers ; les Lettres Patentes du 29 Avril 1763, pour le Collége *de Lyon*, vérifiées le même jour en la Cour, lequel eft confié aux Prêtres *de la Congrégation de l'Oratoire*, ordonnent, art. VIII. » Qu'en cas de plainte contre quelques-uns defdits Régens, » Profeffeurs ou Supérieurs, il fera délibéré audit Bureau, à la pluralité des deux » tiers des voix, d'en donner avis audit Supérieur Général ; & fi fur fa réponfe deux » tiers des fuffrages fe réuniffent pour la deftitution du Sujet, ledit Supérieur Général » fera tenu, fur le vû de ladite délibération, de pourvoir à fa place dans les trois » mois fuivans ».

Les mêmes difpofitions fe trouvent dans les Lettres Patentes pour confier le Collége de *Mâcon* aux *Dominicains*, du 28 Août 1763, vérifiées en la Cour le 2 Septembre fuivant ; dans celles du 9 Octobre 1763, vérifiées en la Cour le 29 Novembre fuivant, pour le Collége de *Roanne*, confié aux Prêtres de la Congrégation *des Miffionnaires de St. Jofeph* ; dans celles du 26 Septembre 1764, vérifiées au Parlement de Touloufe, le 19 Novembre fuivant, pour confier le Collége de *Carcaffonne* aux Prêtres *de la Doctrine Chrétienne* ; dans celles du 22 Octobre 1765, vérifiées au même Parlement le 18 Novembre fuivant, pour le Collége de *Nifmes*, confié *aux mêmes*, &c.

    Idem, ligne 44, renonceroient, *lifez* renonceront

Page 37, ligne derniere, & 38, ligne premiere, *lifez* le projet de l'adminiftration de la Maifon d'inftitution

Page 39, ligne 31, en les inftruifant, eux-mêmes leur apprenne, *lifez* en les inftruifant eux-mêmes, leur apprenne

Page 40, ligne 4, que je propofe, *lifez* détaillés dans le préfent compte,

Page 45, ligne 36, de correfpondance foit, fur l'autorité, *lifez* de correfpondance foit fur l'autorité

        ligne 37, j'ai déjà dit, *lifez* j'ai à dire

Page 46, ligne 2, là, *lifez* leur

        ligne 26, (1), *lifez* (55).

Page 48, ligne derniere (2), *lifez* (57 bis).

    Idem à la note cotée (2).

Page 53, lignes 19 & 20, propofé, *lifez* propofées

        ligne 28, enfuite, *lifez* enfuite

Page 55, ligne 42, *rayez* le mot *par*

Page 60, ligne 2, viendroit, *lifez* viendront

    Idem, à la note, premiere ligne, aute *lifez* fa

Page 63, ligne 16, communs, *lifez* communes,

Page 64, ligne 13, profpererent, *lifez* profperent

Page 73, note 75, ligne 11, faut, *lisez* faut
Page 74, ligne 8, content *lisez* contente
Page 75, lignes 9 & 10, perfecon, *lisez* perfection
Page 78, ligne 11, ces *lisez* ses
Page 81, ligne premiere, au, *lisez* a un
Page 83, lignes 38 & 39, grenau, *lisez* grenan
Page 89, ligne 24, être, *lisez* rester
Page 94, à la marge, Métdhoe, *lisez* Mérhode.
Page 95, avant derniere ligne, fasse *lisez* fit

A PARIS,
& du Colle... ....SIMON, Imprimeur du Parlement,
...uis-le-Grand, rue de la Harpe. 1769.

BIBLIOTHEQUE NATIONALE DE FRANCE
3 7531 04272312 3

9 782014 436563